Der Park,
in dem sich Wege kreuzen

Thomas Vogel

Der Park,
in dem sich Wege kreuzen

Roman

Klöpfer & Meyer

Dumme rennen,
Kluge warten,
Weise gehen
in den Garten.

Rabindranath Tagore

Der Baum der Erkenntnis
stand in einem Garten.

Samuel Legof

Man muss nicht erst sterben, um ins Paradies zu gelangen,
solange man einen Garten hat.

persisch

Prolog

«Weißt du noch?»

Die Sonntagskolumne von Claude-Henri Lagarde

… der kürzlich die Gelegenheit hatte, mit einem Erzengel ein kurzes Interview zu führen

LAGARDE: Auch wenn es schon lange her ist: erinnert ihr euch noch, wie ihr mit dem Schwert Adam und Eva aus dem Paradiesgarten vertrieben habt? Diese Vertreibung – hat das wirklich sein müssen?

ERZENGEL: Das geht mich nichts an. Die Wege des Herrn sind unergründlich. Wir sind Befehlsempfänger. Aber unter uns: Gärtner sind heikel auf alles, was in ihrem Garten vor sich geht. Vielleicht war Eifersucht mit im Spiel.

LAGARDE: Eifersucht?

ERZENGEL: Das Paradies – es ist unvergleichlich. Und weil die beiden vom Baum der Erkenntnis genascht haben, wissen sie das auch. Wer zu viel weiß …

LAGARDE: Verstehe. Oder auch nicht. Immerhin: Die beiden – ebenso wie ihre Nachfahren übrigens – können sich ja noch gut an dieses Paradies erinnern …

ERZENGEL: Richtig, sie wurden aus dem Paradies vertrieben, nicht jedoch aus der Erinnerung.

LAGARDE: Das Paradies ist ihnen also geblieben – in gewisser Weise.
ERZENGEL: Als Erinnerung und Verheißung. Und in Gestalt eines Symbols.
LAGARDE: Ihr meint?
ERZENGEL: Wir meinen den Garten. Und sei er noch so bescheiden, er hält doch beides in sich lebendig: Erinnerung und Verheißung.
LAGARDE: Verstehe …

1

Am Anfang war der Garten. So heißt es. Wie und wo genau, weiß man nicht. Und was dann kam, bleibt auch im Dunkeln. Wohl die Vertreibung aus dem Garten in die Welt, über der als Fluch die Arbeit liegt, die «im Schweiße deines Angesichts». Das Ackern. Und dann ein Mord. Mit Flucht und Furcht und dem Segen des Herrn und der Entstehung der Stadt. Und der steten Sehnsucht nach dem, was einmal war und seither nie wieder wurde. Und so nie wieder sein würde. Na ja, man soll ja nie Nie sagen.

Marcel war ein bisschen Philosoph. Von Beruf zwar Gärtner. Sein Leben lang schon. Was einen aber zwangsläufig auch zum Philosophen macht. Zumindest zum heiteren Philosophieren bringt. Für Marcel war das nicht verwunderlich – auch ohne Paradies war sein Garten für ihn der Ort der Erkenntnis. Wo man Wissen sammelt, über das Wachsen und Vergehen, über das Pflanzen und Ausreißen, über das Steine sammeln und das Steine wegwerfen, über den Tagesverlauf und über den Lauf der Dinge, über die Zeit, die vergeht und über kommende Zeiten, über das Absterben hinein ins Nichts und über das Erblühen aus dem Nichts, fast

Nichts. Ein kaum mit dem bloßen Auge erkennbares Samenkorn, ein Unvergängliches, inmitten von alldem, was vergangen ist, lenkt den Blick über den Tag hinaus, verweist auf die Zukunft, wartet auf Regen und auf die Sonne, um zu wachsen und zu gedeihen. Um zu erblühen. Und um schließlich reichlich Früchte zu bringen. Gartenarbeit ist konkrete Philosophie.

«Eine Welle kannst du nicht in eine andere Richtung zwingen, und genau so wenig kannst du die Natur verbiegen. So wenig du die Zeit anhalten kannst, so wenig kannst du sie beschleunigen. Die Natur ist eine Meisterin des Zeitgefühls, das sie dir vermittelt, wenn du bei ihr in die Schule gehst.»

Marcel kannte keine Ungeduld. Warten war er gewohnt. Gartenarbeit ist nichts für den Augenblick. Gartenarbeit ist eine Investition in die Zukunft. Marcel wusste: Wer den Dattelkern in die Erde steckt, denkt nicht an die Ernte, sondern an die Enkel.

Marcel hielt keine langen Vorträge. Schon gar nicht bei der Gartenarbeit, wo er gelegentlich mit den Pflanzen sprach, um sie zum Sprechen zu bringen und um ihnen dann zuzuhören. Es gibt Orte, die sich lauthals zu Wort melden, deren Geplapper oder Geschrei den Generalbass bilden. Das ist nicht nach Gartenart. In den Blütenduft mischt sich das Summen der Bienen. Und in den Bäumen klärt das Zwitschern der Vögel uns auf über den Lauf der Welt. Gärten bevorzugen Diskretion.

Aber auch bei Marcels Passion, dem Boulespiel, werden keine Vorträge gehalten. Die Kommentare zu den rollenden Stahlkugeln, zu ihrem trockenen Klack-klack-klack sind knapp. «*Merde!*» knurren die einen, «*putain!*» fluchen die anderen, «*Saperlipopette!*» war Marcels Lieblingswort, wenn es besonders gut lief oder wenn es besonders heftig daneben ging. «*Saperlipopette*» passte immer. Traf man ihn mit Strohhut, seinem ständigen Begleiter, im *Café des Sports*, dann überließ er ohne weiteres den Copains vom örtlichen Boule-Verein *La Boule sans pareille* das Wort. Weder die bemitleidenswert schlechte Verfassung der Rugbymannschaft in der Regionalliga interessierte ihn, noch die notorisch undurchsichtige Kommunalpolitik.

Marcel war weder geschwätzig noch besonders eloquent. Nur gelegentlich ließ er en passant ein paar Sätze fallen, bescheiden lächelnd, und so, als handele es sich eh um Binsenweisheiten. Hin und wieder, wenn er Besucher durch den Park führte, durch seinen Park, den er ein Leben lang schon zu versorgen hatte, dem er sein Leben gewidmet hatte, und der ihm ebenso ans Herz gewachsen war wie zuvor schon seinem Vater, dann konnte es sein, dass er ins Philosophieren kam.

Vor fast einem halben Jahrhundert bereits hatte er vom Vater die Stelle als Gärtner des *Prieuré* übernommen. Ein Erbstück quasi. Dieses Priorat im Süden Frankreichs, nicht weit von Alès entfernt, stammte aus dem 12. Jahrhundert, wurde nach den Turbulenzen der

Jahrhunderte und der großen Revolution von 1789 als Staatsbesitz verkauft und dann einige Jahrzehnte lang als landwirtschaftlicher Betrieb genutzt. Genutzt und vernachlässigt. Mehrfach wechselte das Anwesen seine Besitzer. Als dann Anfang des 20. Jahrhunderts ein Textilfabrikant aus dem Departement Drôme diesen ehemaligen Priorssitz erwarb und aufwendig restaurieren ließ – und ihn so vor dem endgültigen Verfall bewahrte – bekam Marcels Vater Baptistin die Stelle als Verwalter und Gärtner und zog mit seiner jungen Frau in eines der Wirtschaftsgebäude. Und ebendort in diesem Gärtnerhäuschen erblickte Marcel 1933 das Licht der Welt.

Nicht weit von dort entfernt wurde gut zehn Jahre später einer umgebracht, wenige Tage vor Kriegsende, weil er ein kleines Mädchen misshandeln und vergewaltigen wollte. Nie wurde darüber auch nur ein Wort verloren. Sub rosa dictum. Und es hat lange gedauert, bis endlich, Jahrzehnte später, dem Retter gedankt werden sollte. Auf erstaunliche Weise. Eine Geschichte eben, die wie fast alle Geschichten von Menschen handelt, die sich begegnet sind. Weil sich Wege kreuzen. Gewollt oder ungewollt. In Räumen und Zwischenräumen, zu unterschiedlichen Zeiten, in guten wie in schlechten.

2

Als Klara Landenberger am späteren Nachmittag in ihre Pariser Mansarde kam, wollte sie gleich vom Anrufbeantworter wissen, ob jemand etwas von ihr wollte. Ihr Verleger diesmal. Er bat um einen Rückruf. Er sei auch zu Hause erreichbar. «Keine Sorge: gute Nachricht!»

Seltsam, normalerweise findet Kommunikation nur noch über E-Mail statt. Klara spürte, wie die Pulsfrequenz stieg. Trotzdem wollte sie erst ins Bad, Haare waschen. Das tat sie immer, wenn sie vom Friseur kam. Mittellang, Stufenschnitt. So wie schon seit langem. Was für ein Charmeur, dieser Coiffeur, dachte sie grinsend, als sie ihre Bluse über den Kopf zog.

«Sie sind der Typ Asma», hatte er ihr gesagt, «nur noch charmanter!»

«Asma?»

«Asma, kennen Sie nicht die First Lady aus Syrien? Ganz Paris ist von ihr verzaubert. Haare blond, aber nicht zu blond, mittlere Länge, gestuft, Typ selbstbewusst, couragiert, gefühlvoll. Und dann dieses Lächeln, diese strahlenden Augen. Sie ist fast so bezaubernd wie Sie!»

«*Ça va, ça va,* es reicht!» hatte sie ihm lachend geantwortet. Dann war er still, hatte sich konzentriert und gut geschnitten, wie sie jetzt vor dem Spiegel noch einmal zufrieden feststellen konnte. Aber kaum hatte sie sich vollends ausgezogen, klingelte bereits das Telefon. Der Verleger. Sie entschuldigte sich, gerade erst sei sie heimgekommen, hätte sich demnächst gemeldet.

«Kein Problem!» sagte er. «Sitzen Sie gut?»

Klara wurde unruhig, stotterte ebenfalls ein «Kein Problem!».

«Also hören Sie gut zu! Sicher erinnern Sie sich noch, wie Sie kürzlich über die Pariser Lebenshaltungskosten geklagt haben? Da täten doch ein paar zusätzliche Euro richtig gut. Ich will Sie nicht länger auf die Folter spannen. Ich will Ihnen ja nur gratulieren. Sie werden im Herbst den mit 7 000 Euro dotierten Carl von Linné-Preis der Deutschen Gesellschaft für Gartenkunst erhalten. Für ihre Reportagen über die Gärten der Jahrtausendwende.»

3

‹Noch hat mich Knochenmanns Klapperhand nicht in ihrem Würgegriff.›

Irma Wohleben lächelte schelmisch über diese Erkenntnis am frühen Morgen. Früher noch als sonst war sie aufgestanden. Hatte sich ihren Kaffee aufgegossen, dabei ihr allmorgendliches Credo wiederholt:

> ‹Guter Kaffee soll dem Leben
> wieder Reiz und Frische geben.›

Und deshalb musste es auch französischer Kaffee sein, *Pur Arabica*.

Heute, am 8. Mai, an ihrem 78. Geburtstag, wollte sie malen. Sie nahm die Tasse in beide Hände. Hielt die Nase über den heißen Kaffeedampf, atmete diesen tief ein. In das kleine Atelier schien durch die blinden Glasscheiben eine milde Morgensonne. Passend zum Motiv, das ihr vor Tagen in den Sinn kam und inzwischen klar vor Augen stand. Platanen wollte sie malen, Platanen in einem Park.

Früher, als André noch lebte, tranken sie beide morgens hier in seinem Atelier eine Tasse Kaffee. Dann hatte sie, als er gestorben war, wochenlang diesen Raum nicht mehr betreten. Bis sie eines Nachts träumte, wie ihr

André einen feinen Pinsel in die Hand gab, wie er ihre Hand dann führte, über das Aquarellpapier, und wie auf diesem plötzlich rote Mohnblumen erblühten. Am nächsten Morgen war sie dann ins Atelier gegangen, hatte die Vorhänge zurückgezogen, hatte die Fenster aufgerissen, hatte Licht und Luft und Lebenslust zurückgeholt und hatte zum ersten Mal in ihrem Leben angefangen zu malen. Sie sah sich deshalb aber noch lange nicht als Künstlerin, hatte eher den Geschäftssinn ihres Vaters geerbt. Aber auch wenn sie ihr Talent nicht sonderlich hoch einschätzte, blieb sie dabei. Schließlich hatte André es so gewollt. Weshalb auch sonst wäre er ihr im Traum erschienen?! André Wohleben war Maler gewesen. Der internationale Erfolg kam, als der New Yorker Galerist Ari Levine auf ihn aufmerksam wurde, sich um ihn kümmerte, um ihn und seine Bilder, und diese dann ausgestellt hatte. In New York und in Chicago, in Los Angeles und später auch in Tokio. Als das Werk dann plötzlich endlich wurde, stiegen die Preise ins schier Unermessliche. In Gedanken hatte sie sich mit André beratschlagt. Und resolut beschlossen, das Geld in Immobilien anzulegen.

Anfangs hatte Irma nur Aquarelle gemalt, dann wagte sie sich an Ölbilder, fast immer Blumen, gelegentlich ein Ausflug in die Landschaft. So, wie eben jetzt an diesem Morgen. Einen Park mit alten Bäumen und Kieswegen wollte sie malen, sich zum Geburtstag ein Bild schenken.

4

Natürlich hatte Micha ihren Geburtstag nicht vergessen.

«Du bist ein guter Junge», hatte sie zu ihm gesagt, und das sagte sie oft und gern. Dr. Wittenberg war Irma Wohlebens Patensohn Micha, der Sohn ihres Bruders. Sie versprach, demnächst wieder nach Heidelberg zu kommen, zum gemeinsamen Mittagessen, was für beide inzwischen fast schon zu einer kleinen Tradition geworden war. Zu einer in gewisser Weise auch traurigen Tradition. Denn zum ersten Mal fuhr sie von Frankfurt nach Heidelberg zu einem solchen Mittagessen nach dem Tod von Michas Verlobter, das war vor gut drei Jahren. Diese wollte zwischen Weihnachten und Neujahr ihre Eltern besuchen. Mit dem Wagen. Micha wollte nicht, wollte, dass sie mit dem Zug fährt. Aber Zug fahren ist nichts für die Tochter eines Autoingenieurs aus Wolfsburg. Auch nicht bei winterlichen Temperaturen. Als Micha ans Telefon gerufen wurde und von dem Unfall erfuhr, hatte er gerade Dienst. Stand als angehender Arzt im Kreißsaal und kümmerte sich gemeinsam mit einer Hebamme um die Geburt von Zwillingen. Seither hatte er, wenn irgend möglich, den Dienst im Kreißsaal gemieden.

«Nächste oder übernächste Woche, wenn es dir passt», schlug Irma vor, «vielleicht wieder in dem kleinen Restaurant in Handschuhsheim?»

«Passt!», meinte Micha und überlegte, wann er Ausgleich für die Nachtdienste nehmen könnte. Aber die Tante hatte bereits das Thema gewechselt:

«Und die Liebe? Du weißt, es ist nicht gut, dass der Mensch alleine sei. Such dir ein nettes Mädel, es ist an der Zeit. Und bist du nicht im besten Alter?!»

5

Post aus Italien. Claude-Henri Lagarde kam vom Briefkasten zurück, ließ den klapprigen Ascenseur, diesen stählernen Glaskäfig vornehmer Pariser Mietshäuser, links liegen, und nahm wie immer die Treppe hoch zu seiner Wohnung im ersten Stock der Rue Monge. Er schien zufrieden. Auch Jahre nach seiner Emeritierung als Professor der Kunstgeschichte und Philosophie war er in Wissenschaftskreisen nicht vergessen. Immer noch legte man großen Wert auf seine Anwesenheit beim alljährlichen Symposium *Gli specchi della memoria*, *Die Spiegel der Erinnerung*, einem internationalen Philosophenzirkel in Italien. Seit Jahrzehnten gehörte Lagarde zu dieser kleinen und feinen Denkerrunde, und daran teilzunehmen war ihm eine Selbstverständlichkeit. Da stimmte alles: der Teilnehmerkreis, die ausgewählten Themen, und natürlich die Umgebung, eine alte toskanische Villa inmitten eines Parks, kaum eine Stunde von Florenz entfernt. Was ihm in diesem Jahr besonders gut gefiel, war das Thema des Symposiums, bei dem es um reale und utopische Gartenräume gehen würde, und damit um Dinge, denen er sich viele Jahre seines Lebens wissenschaftlich hingegeben hatte.

Was ihm andererseits aber Sorge bereitete, war, dass er

diesmal wohl alleine würde fahren müssen, seit Jahren zum ersten Mal ohne seine Frau Pauline, die sich um ihre über 90-jährige Mutter kümmern musste.

«Ich kann sie unter gar keinen Umständen alleine lassen. Und dich lasse ich natürlich auch nur ungern alleine fahren», meinte Pauline beim Mittagessen mit Bedauern, als das detaillierte Tagungsprogramm, das er jetzt erhalten hatte, einziges Gesprächsthema war.

«Gut. Natürlich. Ich verstehe gut, dass du dich um deine Mutter kümmern musst. Das steht außer Frage. Aber was soll ich machen? Du weißt, ich hasse es, alleine zu reisen. Fliegen will ich nicht und beim Zug hab ich Angst, dass ich die Ankunft verschlafe, den falschen Koffer auspacke und im Gästehaus dann den Zimmerschlüssel verliere. Einerseits krieg ich zu hören, ich sei schusselig oder – schlimmer noch – vertrottelt, andererseits soll ich mich jetzt plötzlich um mich selber kümmern.»

«Liebling! Im Moment fällt mir wirklich keine Lösung ein. Nimm einen Wecker mit, damit du bei der Ankunft in Florenz rechtzeitig aufwachst und aussteigst. Ich werde ihn dir vor der Abfahrt stellen. Außerdem», fügte Pauline mit süffisantem Lächeln hinzu, «außerdem gibt es ja den Schaffner. Er wird sich um seine Schlafmützen schon kümmern. Um die der ersten Klasse sicher zuerst.»

«Meine Liebe!», meinte Lagarde schmunzelnd, «ich schätze deinen Humor sehr, auch wenn er mir im Moment nicht unbedingt weiterhilft.»

Früher hatte Lagarde schon mal einen Assistenten mitgenommen, wenn Pauline nicht konnte, aber diese Art Mitarbeiter gab es für emeritierte Professoren längst nicht mehr. Wie auch immer: Es stand außer Frage, dass er sich anmelden würde, zumal er beim diesjährigen Thema als Spezialist gefragt war wie selten. Seine Publikationen zur Gartenkunst und über die großen Gartengestalter galten als Standardwerke. Immer noch wurde er zu zahlreichen Vorträgen eingeladen und immer noch holte man sich bei ihm wissenschaftlichen Rat. Dazu kam seine Popularität bei einem breiten Publikum, die er sich durch seine Sonntagskolumne *Weißt Du noch?* erworben hatte, in der er seit Jahren meist historisch-philosophische Themen aufgriff, bei denen es fast immer um den Garten oder um verwandte Themen ging und die er humorvoll in Dialoge formte: Da unterhält sich dann schon einmal ein Maulwurf mit einem Schmetterling über Unter- und Oberirdisches. Da trifft man auf den römischen Dichter Ovid wie auf den deutschen Dichterfürsten Goethe. Die Ideen zu diesen literarischen Etüden, wie er seine Kolumnen Freunden gegenüber bezeichnete, kamen ihm meist beim Spazierengehen durch den am südlichen Seine-Ufer gelegenen *Jardin des Plantes*, in dessen unmittelbarer Nähe er wohnte, und den er auch unbescheiden als seinen Hausgarten bezeichnete.

«Und worüber wirst du dieses Jahr reden?», wollte Pauline nach dem Essen wissen.

«Ich werde mir diese Frage heute Nachmittag im ‹Jardin› stellen. Und sicher bis heute Abend eine Antwort finden.»

6

Verwandtschaft kann sehr lästig sein. Schon immer. Zumindest war Irma Wohleben, soweit sie zurückdenken konnte, dieser Meinung. Das heißt nicht, dass man nicht auch das eine oder andere Familienmitglied mochte. So wie sie ja durchaus ihren Neffen mochte, den einzigen Sohn ihres vor ein paar Jahren verstorbenen Bruders. Aber es gibt eben auch Verwandte, die auf die Nerven gehen. Und die noch stören, wenn sie längst schon auf dem Friedhof liegen. Trotzdem: Familie verpflichtet, nach allem, was war, und also mussten aus ihrer Sicht auch die Friedhofsbesuche sein, aus Gewohnheit oder eben aus Pflichtgefühl, oder schlicht, weil es gesund ist, an die frische Luft zu gehen. Irma hatte es aufgegeben, sich darüber viele Gedanken zu machen. Einmal die Woche besuchte sie die Verwandtschaft auf dem neuen jüdischen Friedhof an der Eckenheimer Landstraße. Danach spazierte sie zur Erholung hinüber in den angrenzenden Hauptfriedhof, wo an einer Weggabelung ihre Lieblingsbank stand, von der aus sie den Blick auf einen mannshohen steinernen Cherubim hatte, umgeben von dicht bewachsenen Hecken. Hier ruhte sie sich aus, ordnete ihre Gedanken, die sich dann nicht selten um die bereits hier versammelten Familienmitglieder drehten. Vielleicht war Irma an diesem frühsommerlich warmen Maitag ja auch etwas eingedöst. Vielleicht aber auch nicht. Jedenfalls hörte sie deutlich ihren Namen, ummittelbar hinter sich, fast schon am Ohr, und Irma Wohleben erschrak in diesem Moment fast zu Tode. Sie saß wie versteinert, rührte sich nicht, vergaß das Schnaufen fast, hörte ihr Herz pochen und hörte noch einmal ihren Namen und die wenigen Worte, die auf diesen dann noch folgten.

7

Am Montag, gleich nach dem Aufstehen, malte Klara im Überschwang mit großen Lettern in ihr Tagebuch: «Klara im Glück!!!» Etwas kleiner darunter: «Klara mitten in Paris mitten im Glück.» Und noch etwas kleiner darunter: «‹Im Glück› klingt kitschig ... Aber das ist manchmal sehr egal!»

Am Dienstag erledigte sie, immer noch schwebend vor lauter Seligkeit, Dinge, die sie zum Teil seit Wochen schon hatte erledigen wollen, und die ihr plötzlich wie von selbst von der Hand gingen.

Am Mittwoch tippte sie beflügelt die Notizen, die sie sich bei den beiden letzten Gesprächen mit Professor Lagarde im Park von Versailles gemacht hatte, in ihren Computer. Dieser Lagarde ist ein Geschenk des Himmels, dachte sie, als sie zu guter Letzt noch ihre E-Mails abrufen wollte. Weniger himmlisch empfand sie dann die Nachricht ihres Freundes aus Berlin. Nach allerlei Brimborium und dem fast schon üblichen Gejammer über die seiner Meinung nach völlig unzumutbaren Arbeitsbedingungen im Berliner Abgeordnetenhaus sowie die Probleme mit der Ausleuchtung seines neu gestalteten Lofts und schließlich der routinemäßigen Nachfrage, wie sie denn so mit ihrem «Versailles-Projekt» vorankomme, meinte er noch hinzufügen zu müssen, dass er sich, na ja, doch eindeutig immer mehr als ein «Penthouse-Indoor-Gewächs» fühle, sie im Gegensatz dazu doch eher eine «Freiland-Tulpe» sei. Und flapsigtapsig meinte er: «Ach Süße! Wie soll das bloß zusammenpassen?!»

Als Klara die E-Mail zum wiederholten Male gelesen hatte, um dem versteckten Charme dieser Zeilen und dem, was dazwischen herauszuhören war, auf die Schliche zu kommen, da tippte sie auf *Antworten* und stellte lapidar in einem einzigen Satz klar: «Gar nicht, mein Süßer!» Und klickte auf *Senden*. Dann fuhr sie den Computer herunter und notierte ins aufgeschlagene Tagebuch: «Nur Feiglinge reden um den heißen Brei herum.» Und weiter: «Ohne Eile, aber immerhin irgendwann will ich wissen, warum mich heute diese Botschaft aus dem Berliner ‹Loft› völlig gleichgültig lässt.»

Sie wandte sich zur Bettcouch, nahm eines der Kissen und pfefferte es in die Ecke, wo es verschreckt liegen blieb. Dann warf sie sich aufs Bett und heulte.

Am nächsten Morgen nahm sie mit Genugtuung zur Kenntnis, dass ihr erster Gedanke nicht dem Berliner Penthouse-Gewächs gehörte, sondern dem Carl von Linné-Preis für ihre mehrteilige Reportage über die deutsche Gartenkultur der Jahrtausendwende, den sie demnächst in Berlin in Empfang nehmen würde. Nicht im Geringsten hätte sie damit gerechnet. Eine Nachricht aus heiterem Himmel. Keine Ahnung, was sie mit dem vielen Geld machen würde. Ganz abgesehen von dem stattlichen Sümmchen aber war es eine wunderbare Bestätigung ihrer Arbeit und die ideale Voraussetzung für ihr Buchprojekt über die Gärten von Versailles, weswegen sie sich schließlich für ein paar Wochen hier in Paris eingemietet hatte. Ihr Vermieter, ein deutscher Ingenieur im Ruhestand, der seit Jahrzehnten schon in Paris lebte und immer noch sehr geschäftstüchtig als Gutachter für asbestverseuchte Altbauprojekte unterwegs war und sich in Paris wie in der eigenen Westentasche auskannte, hatte ihr ein Mansardenkämmerchen vermietet. Es war unverschämt teuer, aber eben wunderbar zentral mitten in Paris gelegen und somit allemal besser, als täglich zwei Stunden in der Metro zu verlieren. Draußen schien die Sonne. Heute ganz für mich allein, dachte sie und stieg in die klaustrophobisch enge Duschkabine.

Nach dem Frühstück telefonierte sie mit einer Freundin in Berlin. «Jetzt wirst du Paris ja doch noch in vollen Zügen genießen können. Auch ohne dein Penthousegewächs.» Dann lachten beide, nicht hämisch und nicht hysterisch. Einfach drauf los. Und unbeschwert ausgelassen.

So allmählich begriff Klara, in welch komfortabler Situation sie sich befand. Langsam aber sicher hatte sie sich ihren Traumjob erarbeitet, auch ein bisschen erkämpft, hatte sich durchgesetzt, war Journalistin geworden und konnte mit der Zeit und mit Erfolg über ihre Lieblingsthemen schreiben, über Gärten, im weitesten Sinn. Soweit sie zurückdenken konnte, war der Garten ihr Traum, sie träumte vom perfekten Garten, dem sie in der Literatur ebenso auf der Spur war wie im richtigen Leben, unterwegs als Reporterin, mit allen fünf Sinnen. Gleich nach dem Kunstgeschichtsstudium gestaltete sie während ihres Volontariats eine Sendereihe über die nach der Wende aus ihrem Dornröschenschlaf nach und nach wiedererweckten preußischen Gärten und Parks. Dann die Reise in den Süden Englands, der im Grunde ein einziger Garten ist, ein Garten als Gesamtkunstwerk. Dort besuchte sie mitten in Cornwall unter futuristischen Kuppeln das *Eden Project*, mit dem sich der Archäologe Tim Smith seine Vision verwirklicht hat: Im größten Gewächshaus der Welt hat er seine Vorstellung vom Garten Eden geschaffen. Auf einer Fläche von gut 35 Fußballfeldern wurden mehr als 4 000 verschiedene Pflanzen aus unterschiedlichen Klimazonen zusammengetragen. Der Amazonas mit Regenwald, Mangrovensümpfen und Lagunen, das Mittelmeer mit Olivenhainen, Weinstöcken und Blütenpflanzen in einem wahren Farbenrausch. Und doch: Für Klara war das zu viel Inszenierung, zu viel Trubel. Lieber besuchte sie die kleinen Cottage-Gärten oder den Sissinghurst Castle Garden in der Grafschaft Kent mit seinem Rosengarten und dem noch berühmteren weißen Garten, in dem Pflanzen in allen Weiß-Schattierungen miteinander konkurrieren. Dann die Reise zu den Schlössern der Loire, vor allem nach Villandry mit seinem Renaissancepark, den Gemüse- und Obstgärten. Und nun das ehrgeizige Versailles-Projekt, *ihr* Versailles-Projekt, den über 200 Götterstatuen dieses Parks auf der Spur.

Schwer zu sagen, wann genau ihre Liebe zum Garten erwacht war, welchem Erlebnis sie entspross. Vielleicht war es gar nicht so sehr der elterliche Garten, wohl eher schon der kuschelige Blumen- und Gemüsegarten der Großeltern in Schwaben, wo die Oma – ihre Blumen-Oma, wie Klara sie als Kind gelegentlich genannt hatte – täglich in ihrem üppig blühenden Steingarten zu Gange war. Sie besaß ein für den Farbenzauber ihrer Blumenbeete unfehlbares Auge, sie war eine Fanatikerin, hatte bei ihren Reisen Setzlinge über die Grenzen geschmuggelt, und sich seltene Samenkörner aus aller Welt schicken lassen, verjüngte, pikierte und vermehrte ständig ihr Gartenparadies. Und die Nachbarinnen schauten neidvoll auf die hoffärtig blühenden Hortensien links und rechts vom Hauseingang. Und wenn die kleine Klara bei ihrer selbst gesäten Kresse ungeduldig nachschaute, wie sie langsam aus der Erde kroch, meinte die Blumen-Oma: «Von der Natur kannst du viel lernen.»

«Was zum Beispiel?»

«Zum Beispiel, dass das Gras nicht schneller wächst,

wenn man daran zieht. Denn was lehrt uns jeder Garten? Arbeit, Freude und das Warten.»

Das hatte Klara sich gemerkt, bis heute, immer dann, wenn es ihr nicht schnell genug gehen konnte. Aber auch an den Großvater musste sie diesbezüglich oft denken, wenn er seine Gärtnerin glaubte verteidigen zu müssen: «Tabletten gegen Depressionen wären doch viel teurer. Der kürzeste Weg zur Gesundheit ist allemal der in den Garten.»

Omas Garten war der Feriengarten in Klaras Kindheit, mit einem Rasen zum Spielen, einer Schaukel gegen die Langeweile und einem Kastanienbaum zum Klettern, einem alten Hasenstall ohne Hasen und einem innen und außen weiß gekalkten Hühnerhäuschen, das schon seit Generationen von keinem Federvieh mehr bewohnt wurde. Ein Garten für Auszählreime und unermüdliche Versteckspiele, für die Schatzsuche beim Kindergeburtstag, für selbst gesäte Zaunwicken und Kapuzinerkresse. Hinter der alten Schaukel wucherte eine stachelige Brombeerhecke, die vor langer Zeit schon den Zaun zum Nachbarn gnadenlos in die Knie gezwungen hatte. Die verlockenden schwarzen Beeren waren eine risikoreiche Herausforderung für Schleckermäuler, die dennoch bereit waren, dafür ein paar blutige Kratzer in Kauf zu nehmen. Früh schon hatten die Großeltern ihre Enkelkinder mit nach Ludwigsburg genommen, um den in der ersten Hälfte des 18. Jahrhunderts nach französisch-niederländischem Vorbild gestalteten Barockgarten zu besuchen. Seit einem dieser Besuche wurde in der Verwandtschaft die Frage der kleinen Klara an ihren Großvater kolportiert, die damals wissen wollte, ob da ein König in dem Schloss wohne und ob der schon eine Frau habe. Und warum, so der Großvater, warum sie das wissen wolle? «Weil, wenn ich groß bin, dann werd ich den König heiraten und dann gehören mir sein Schloss und sein Garten.»

8

Irma Wohleben war dem Rat ihrer Freundin vom Bridgeclub gefolgt und hatte beim Gemeindepfarrer Kübler, der nur ein paar Ecken weiter wohnte, geklingelt. Man kannte sich vom Sehen, man grüßte sich an der Straßenkreuzung oder beim Bäcker, aber zu einem Gespräch war es bisher noch nicht gekommen. Kaum hatte der Pfarrer sie in sein Arbeitszimmer gebeten, da fiel Irma Wohleben auch schon mit der Tür ins Haus.

«Jetzt stellen sie sich das doch vor! Und ausgerechnet mir muss so ein Kuddelmuddel passieren. Ich war nie fromm, halte mich an keine Sabbatvorschriften, wüsste nicht einmal, wo hier der nächste Rabbiner wohnt, ich komme zu Ihnen – ich sage es Ihnen ganz ehrlich – weil es mir am bequemsten schien, weil Sie eben hier in meiner Nachbarschaft Ihre Gemeinde versorgen. Und schon auch weil meine Freundin mir dazu geraten hat. Und jetzt das!» Irma Wohleben schüttelte fassungslos den Kopf.

Pfarrer Kübler hörte erstaunt zu, meinte dann nach kurzem Überlegen: «Frau Wohleben, Sie sind ja völlig aus dem Häuschen, vielleicht wollen Sie mir verraten, was passiert ist ...»

«Hören Sie. Ich will es Ihnen sagen.»

Und Irma Wohleben, eine immer noch erstaunlich stattliche, muntere und quicklebendige Erscheinung, legte los. Sie erzählte, wie sie fast regelmäßig einmal die Woche auf den alten Stadtfriedhof ginge, wie sie, genauer gesagt, über die Eckenheimer Landstraße zuerst auf den Jüdischen Friedhof ginge, quasi um dort die Verwandtschaft zu besuchen. Im Anschluss daran wechsele sie dann ebenso regelmäßig hinüber zum Hauptfriedhof – um sich von der Verwandtschaft wieder zu erholen.

«Ich gebe ja zu, es ist schon a komische Sach', dass ich zu Ihnen komme, Herr Pfarrer, schon seit Jahren geh ich nicht mehr in die Synagog, und auch in keine Kirche, und Sie wohnen hier in meiner Nähe und meine Freundin hat gesagt, Sie seien ein so verständiger Mensch, dass ich mir gedacht hab, ich werd mit Ihnen reden. Ich ..., ich hoffe, Sie haben nichts dagegen.»

«Frau Wohleben! Wie sollte ich etwas gegen ein Gespräch haben?»

«Nun, weil ich doch von der Konkurrenz bin, Herr Pfarrer!»

Pfarrer Kübler musste lachen.

«Und weil ich Ihnen gleich sagen will, dass ich kein frommer Mensch bin.»

«Wer fromm ist und wer nicht fromm ist, Frau Wohleben, das entscheidet ein anderer.»

«Ich weiß schon, was Sie sagen wollen und wen Sie mit dem anderen da meinen. Es ist nur so: Wir, also der andere da oben und ich hier unten, wir pflegen keinen Kontakt mehr zu haben. Als Kind hab ich ihn verflucht, hab nach dem, was ich erlebt hab, ihm schlicht abgesprochen jede Existenz. Inzwischen lass ich ihn wieder leben. Ich lass ihn einen guten Mann sein und er, so will mir scheinen, er lässt mich eine gute Frau sein. – Oder ...» – Irma Wohleben unterbrach plötzlich ihre Ausführungen – «oder will er etwa doch etwas?»

Nachdenklich saß Irma Wohleben in dem Besuchersessel, der vor dem Schreibtisch stand, schaute vor sich auf den Boden, als hätte sie dort etwas verloren, als könnte man dort die entsprechenden Worte finden um anzufangen. Dann richtete sie sich auf, machte mit ihrer Rechten eine Handbewegung, als wollte sie einen unliebsamen Schatten schroff wegwischen, räusperte sich, gab sich einen Ruck und begann zu erzählen. Sie erzählte von ihren wöchentlichen Friedhofsspaziergängen, wie sie sich dann meist auf die immer gleiche Parkbank setze, zum Ausschnaufen, auch zum Nachdenken, nein, es seien keine frommen Gedanken, eher lasse sie die wöchentliche Teerunde mit ihren Freundinnen noch einmal Revue passieren, erinnere sich an die kleinen Tratschereien und versuche, sich darauf einen Reim zu machen, was aber meist ein nur wenig erfolgreiches Unterfangen sei, da sie, wenn sie so friedlich dasitze auf ihrer Parkbank und vor sich hindöse, meistens einnicke.

Ja, und dann sei es passiert. Plötzlich hinter ihr eine

Stimme, die ihren Namen nannte, eine Stimme aus dem Nichts. Und vielleicht, beschwören wolle sie das aber nicht, vielleicht spürte sie sogar eine Hand auf ihrer Schulter, als die Stimme klar und deutlich zu ihr sprach: ‹Bedenke dein Tun. Und denke an den Paradiesgarten. Den es zu erwerben gilt. Doch die Zeit drängt. Bleiben werden dir vierzig Tage und vierzig Nächte.›

Irma legte eine Pause ein. Holte Luft. Die gefalteten Hände auf ihrem Schoß zitterten leicht.

«Hören Sie, verehrter Herr Kübler, würde mir jemand einen solchen Schmarren erzählen, ich würde ihn auslachen. Aber jetzt ist ein solcher Schmarren ausgerechnet mir selber passiert. Paradiesgarten! Ich bitte Sie! Welcher Paradiesgarten denn?! Als ich mich getraut hab, mich umzudrehen, war da kein Engel und auch sonst niemand. Keine Menschenseele. Nicht mal geraschelt hat es im Gebüsch. Sie müssen verstehen, es ist mir peinlich, ich weiß nicht, was ich denken soll. Was halten Sie von der Sache?»

Pfarrer Kübler hatte die Stirn in Falten gelegt und kratzte sich nachdenklich am Kinn.

«Diese Person, ich meine, der, der da gesprochen hat, haben Sie irgendeine Vermutung, wer das gewesen sein könnte? Hat diese Stimme Sie vielleicht an jemanden erinnert?»

«Person sagen Sie? Hören Sie! Das war keine Person. Das muss ein höheres Wesen gewesen sein. Vielleicht mein Engel persönlich. Gibt es so etwas?»

Irma Wohleben ließ Pfarrer Kübler keine Zeit für eine Antwort.

«Zuerst dachte ich ja: ‹Du hast geträumt, Irma!› Aber dann war ich doch überzeugt, alles war real. Die Stimme, die Worte und dann auch, als ich mich hab getraut, mich umzudrehen, um nachzuschauen, woher die Stimme kam, war da plötzlich wie von einem Blitz alles sehr hell, sehr grell.»

Irma Wohleben räusperte sich, hatte verlegen den Blick gesenkt. Dann fuhr sie leise fort:

«Das klingt sehr verspinnert, Herr Pfarrer, aber glauben Sie mir, es war sehr real. Jetzt halten Sie mich wahrscheinlich für völlig übergeschnappt. Aber ich sag Ihnen, wenn ich den geringsten Zweifel an der Sach' gehabt hätte, dann wäre ich nicht zu Ihnen gekommen, um Ihnen Ihre wertvolle Zeit zu stehlen.»

«Kein Thema! Sie stehlen mir keine Zeit, Frau Wohleben. Da können Sie ganz beruhigt sein.»

«Ich danke Ihnen. Aber dann sagen Sie mir: Was halten Sie von der Sach'?»

Pfarrer Kübler ließ sich Zeit mit einer Antwort. Vielleicht auch nur, um nicht den Eindruck zu erwecken, er handle mit billigen Standardlösungen. Dann aber meinte er in ruhigem Ton:

«Nun, zuerst einmal bin ich mir sicher, dass Sie nicht übergeschnappt sind. Da kann ich Sie beruhigen. Ganz im Gegenteil. Was ich bewundernswert finde, ist die Art, wie Sie mit dieser, ja, wie soll ich sagen, mit dieser Erscheinung oder Begegnung umgehen können. Es ist völlig richtig, diese ‹Sach›, wie Sie es formulieren, auch ernst zu nehmen. Was ich damit sagen will: Wir sind uns doch einig, dass es einen Herrgott gibt, der unser Leben in seiner Hand hat.»

«Herr Pfarrer», unterbrach Irma Wohleben die sanft und mit Bedacht formulierten Worte des Geistlichen, «bitte keine Glaubensbekenntnisse. Ich hab Ihnen bereits deutlich gemacht, dass wir ein etwas gestörtes Verhältnis zueinander haben, im Grunde keines. Ich bin mir sicher, dass Er und ich, dass wir nichts voneinander wollen.»

Pfarrer Kübler, der immer noch zurückgelehnt in seinem Schreibtischsessel saß und sich nicht aus der Ruhe bringen ließ, schaute schweigend auf die resolute alte Dame, die ihm da in einer seltsamen Mischung aus selbstbewusst und verdattert gegenübersaß, beugte sich dann vor, legte seine Arme auf den Schreibtisch und wollte wissen:

«Könnte es denn sein, dass Er da oben jetzt doch etwas von Ihnen will?»

Irma Wohleben zögerte kurz, nickte dann zustimmend.

«Gut, es ist ja Ihre Profession, dass Sie so denken. Also gut. Vielleicht wollte er sagen, ‹Genug gelebt, Irma Wohleben, auch letztlich gut gelebt und jetzt eben genug gelebt.› Bloß versteh ich nicht, warum macht er mir eine Vorwarnung? Ist das üblich?»

Pfarrer Kübler überlegte. Dann meinte er: «Das ist eine interessante Frage. Wer weiß? Vielleicht gibt es ja die Vorwarnung. Nur nehmen wir sie in unserer Verblendung nicht als solche wahr und sehen in ihr auch keine Ankündigung. Aber», fügte er hinzu, «wenn Sie diese Begegnung so verstehen, dann müssen wir uns überlegen, was es mit den vierzig Tagen auf sich hat.»

«Eine Galgenfrist», unterbrach Irma Wohleben fast schroff den Pfarrer, «nennen wir das Kind doch ruhig beim Namen.»

Pfarrer Kübler schüttelte den Kopf.

«Bei der Galgenfrist steht am Ende der Galgen, bei Ihnen, wenn ich Sie recht verstanden habe, wurde nur ein Zeitraum genannt. Was dann kommt, wurde nicht erwähnt. Und die Zahl vierzig müssen Sie symbolisch verstehen, wie wir das aus der Bibel ja kennen, also keinesfalls buchhalterisch. Ein Zeitraum ist Ihnen gegeben, der seine Bedeutung haben mag, vielleicht um noch etwas zu bedenken, um etwas zu regeln, etwas in Ordnung zu bringen, vielleicht, wie soll ich es formulieren, vielleicht – ich sag es jetzt mal etwas flapsig – vielleicht um eine alte Rechnung zu begleichen.»

«Herr Pfarrer, da darf ich Sie beruhigen, ich hab keine offenen Rechnungen nicht, und keine Kredite erst recht nicht, wenn schon, dann gebe ich Kredit. Und ich habe ein anständiges Erbe, was schon mein Mann mir vermacht hat und was ich seither noch gut weiterverwaltet habe, und da ist ordentlich was zusammengekommen auf der Bank und ein schönes Haus ist auch noch da in der besten Innenstadtlage von Frankfurt. Und es ist eine Not, dass wir keine Kinder haben kriegen können, aber ich hab einen Neffen, was ein guter Mensch ist, vielleicht manchmal ein bisschen ein zu guter, einer, der es mit allem sehr gründlich nimmt, für meinen Geschmack etwas zu gründlich, ich weiß nicht.»

Pfarrer Kübler hatte sich erhoben und war um seinen Schreibtisch herum zum Fenster gegangen. Er schaute hinaus in den viel zu kühlen Maitag und meinte:

«Und wie wir ja alle wissen, lässt sich von dem ganzen Erbe kein Cent mitnehmen.»

«Ich weiß wohl, Herr Pfarrer, was Sie sagen wollen: Das letzte Hemd hat keine Taschen.»

«So ist es, Frau Wohleben. Aber nach dem, was Sie sagen, bin ich sicher, dass Sie vorgesorgt haben. In jeder Hinsicht. Wissen Sie, wenn ich die Natur da draußen vor dem Fenster betrachte und es recht bedenke, dann wird mir klar, dass dieser altehrwürdige Pfarrgarten einen Großteil seines Zaubers aus der Vergangenheit bezieht.»

Mit diesen Worten hatte der Geistliche sich wieder seiner Besucherin zugewandt.

«Wenn ich da draußen die Blumen betrachte, dann frage ich mich immer, wie es ihnen gelingt, so unprätentiös und so schön zu sein. Es muss da in der Gartenerde regelmäßig so etwas wie Versöhnung stattfinden, von dem, was gewesen ist, mit dem, was ist und noch kommen wird. Ich glaube, dass wir der Vergangenheit, wie elend auch immer sie mit uns umgegangen sein mag – da gibt es gewisslich nichts zu verharmlosen –, dass wir auch der Vergangenheit viel verdanken. Vielleicht überlagert das Grauen jener Zeit die wenigen guten Momente, Momente der Geborgenheit, vielleicht sogar des Glücks. Begegnungen mit Menschen, die uns geholfen haben, mit einem freundlichen Blick, mit einer Handreichung, mit der selbstverständlichen Geste des guten Samariters.»

Der Pfarrer verschränkte die Arme, meinte mit einem entschuldigenden Lächeln:

«Sehen Sie es mir bitte nach, ich wollte Ihnen keine Predigt halten.»

Irma Wohleben sagte nichts, hatte die Augen geschlossen. Das Bild mit dem Park, das sie an ihrem Geburtstag zu malen angefangen hatte, erschien plötzlich vor ihrem inneren Auge. Leise, sehr leise, und mehr zu sich als zum Pfarrer gewandt sagte sie:

«Ich hab ja schon einmal einen Paradiesgarten gesehen, durfte sogar für eine kleine Zeit in ihm bleiben. Aber das ist lange her, sehr lange sogar, und das ist auch eine, ja, wie soll ich sagen, eine andere Geschichte, eine ganz andere.»

Sie seufzte, nicht bang und nicht enttäuscht, eher erleichtert. Und mit einem rätselhaften Lächeln hatte sie den Blick fest auf den Pfarrer gerichtet.

«Ich verstehe. Ich glaube, ich weiß, was Sie meinen. Jetzt ahne ich, was der Engel oder wer auch immer das war, mir da hat sagen wollen. Es könnte sein …»

Mühsam erhob sie sich aus dem Sessel, wobei sie sich mit den Armen auf der Lehne abstützte.

«Wenn die Hüftschmerzen nicht wären, würd ich sagen, ich fühl mich wie a junges Mädel. Aber mit den Schmerzen je nach Wetterlage – jetzt sind es die Eisheiligen – da denk ich halt doch: Du bist a altes Weib. Zeit zu gehen, Herr Pfarrer.»

Dann nahm sie ihre Handtasche, griff hinein und holte einen Hundert-Euro-Schein heraus, den sie dem verblüfften Pfarrer hinhielt.

«Tun Sie das in Ihre Opferbüchse. Für ‹Wo-am-nötigsten›.» Und lächelnd fügte sie hinzu, «und glauben Sie bloß nicht, dass ich als Jüdin nicht ganz genau wüsste, was ihr Christen mit dem barmherzigen Samariter meint.»

Sie drückte die Hand des Pfarrers.

«Jetzt bin ich doch froh, dass ich hergekommen bin.»

Der Pfarrer begleitete sie durch den Flur bis zur Haustür. Im Hinausgehen blieb sie noch einmal auf der Türschwelle stehen.

«Ich bin Ihnen sehr zu Dank verpflichtet. Noch was: Die Sache mit dem Versöhnen von dem, was gewesen ist, mit dem, was ist und was neu dann noch kommen wird, in Ihrem Garten und auch sonst – das ist doch a schöner Gedanke!»

9

Für Micha Wittenberg war sein Freund Max Ulmer auch nach all den Jahren noch ein Rätsel. Obwohl sich die beiden Assistenzärzte der Heidelberger Universitätskinderklinik bereits seit dem Studium kannten, und obwohl sie sich fachlich bestens verstanden und glänzend ergänzten und im Kollegenkreis als ein unzertrennliches Duo gehandelt wurden – kaum waren sie zu zweit, etwa nach dem wöchentlichen Volleyball oder nach dem Joggen, oder wenn man noch ein, zwei Pils zusammen trank und aufs Leben im Allgemeinen und meist auch im Besonderen zu sprechen kam, dann plötzlich waren da sehr präzise Unterschiede auszumachen. Max konnte ständig von neuen Bekanntschaften und Eroberungen berichten, Micha hatte diesbezüglich herzlich wenig vorzuweisen, wollte womöglich diesbezüglich auch gar nichts vorweisen, hörte lieber zu, grinste und gab auf des Kollegen neugieriges Nachfragen, ob und wie viele Eisen er denn im Feuer habe, nur ausweichend und nur sehr zögerlich Auskunft:

«Mein Gott, es gibt schließlich Wichtigeres im Leben. Und außerdem ...»

«Die Habilitation, ich weiß.»

«Zum Beispiel. Und ohne Habilitation häng ich in

zehn Jahren noch hier, und aus meinem Kinder-Reha-Projekt wird erst recht nie was. Das hab ich dir, glaub ich, schon x-mal erklärt. Ich will keine halben Sachen machen.»

«Da geb ich dir völlig Recht. Aber ohne Frau bist du nur ein halber Mensch, ein armer hinkender Teufel, der die besten Jahre seines Lebens vergeudet», erklärte Max.

«Und mit der falschen sind sie doppelt vergeudet.»

«Typisch Micha, der ewige Zauderer», resümierte Max resigniert.

Irgendwo in der Mitte, so einigte man sich dann gelegentlich, müsse wohl die Wahrheit liegen.

Trotzdem, was das Thema Frauen anging, war man sich herzlich uneinig. Natürlich wusste Max auch, dass Micha vor gut drei Jahren seine damalige Verlobte verloren hatte. Doch hielt er es an der Zeit und für seine Aufgabe, seinem besten Freund endlich wieder zu einer Beziehung zu verhelfen. Er selbst hatte ein mehr oder weniger festes Verhältnis mit einer jungen Kollegin in Berlin, die aber erstens viel zu weit weg wohne, zweitens beruflich viel unterwegs sei, und deshalb, in seinen Worten, gelegentlich «vertreten» werden müsste, meistens von sehr jungen Geschöpfen. Für Micha war es ein Rätsel, wo in aller Welt Max diese höchst attraktiven Wesen aufgabelte, er war der geborene Schwerenöter, der unbeschwerte Sonnyboy, dem es umgekehrt eben ein Rätsel war, wieso sein Freund und Kollege sich diesbezüglich so kompliziert und so wählerisch verhielt.

«Dann halt nicht», meinte Max regelmäßig und resigniert, wenn sein missionarischer Eifer abgeblockt wurde, mit Sätzen wie: «Zur rechten Zeit kommt dann auch die Richtige.» Oder: «Gut Ding will Weile.» und ähnlichen Weisheiten. Worauf Max nachdrücklich darauf bestand, dass Liebe schließlich Übung brauche: «Training, mein Lieber, nenn' es wie du willst, von nichts kommt nichts. Die Liebe fällt nicht vom Himmel. Ohne fröhliche Liebelei auch keine große Liebe fürs Leben! Prost!»

«Prost!»

10

«Versailles lässt sich nicht erzählen», sagte Professor Claude-Henri Lagarde, «auch wenn Leute wie Sacha Guitry uns das glauben machen wollen, Versailles muss man besuchen, mit offenen Augen bestaunen, man muss sich diesem Wunderwerk ausliefern, man muss in sein geheimes Herz eintauchen, in seinen geheimen Körper. Von einem Garten müssen Sie sich wie von einem Kunstwerk bezirzen lassen, sich ihm hingeben. Dazu ist Zeit eine Grundbedingung. Ohne Zeit verweigert sich der Park, wendet sich ab. Er spürt Ihre Haltung, er ist ein sensibler Gastgeber, der sich den Einen öffnet und der sich den Anderen verschließt. Viele meinen, Versailles sei nichts anderes als die Repräsentation des absolutistischen Machtanspruchs des Sonnenkönigs. Ich kann das so nicht sehen. Von den 230 Statuen, die sich hier im Park befinden, stellt keine einzige den Sonnenkönig dar. Der Park von Versailles ist vor allem das Werk seiner Schöpfer, und so wie ein Meister der Malerei durch seine Bilder zu uns spricht, so bringt ein Gärtner, ein Meister der Gartenkunst, die Natur zum Sprechen, die Statuen ebenso wie die Wasserspiele.»

Klara war eine aufmerksame Zuhörerin. Unaufgeregt notierte sie auf ihren Block, was ihr wichtig schien, dabei flog ihr Stift nur so über das Blatt. Geschickt wusste sie ihre Fragen so zu stellen, dass der Professor ohne Mühe antworten konnte. Mein Gott! Was hatte sie nicht schon alles für Leute interviewt während ihres Volontariats beim Hörfunk, dann später für verschiedene Zeitungen und Magazine. Kinder und Greise, Promis und Nobodys, Wortkarge und Wortgewaltige, Schwätzer und Sinnierer, Mönche und Rampensäue, Rüpel und Schüchterne und und und. Aber keiner bislang vereinte in sich Intelligenz und diskrete Eleganz so sehr wie ihr Fachmann und Interviewpartner in Sachen Versailles. Bei aller Liebe zu den Hochschullehrern, bei denen sie vor noch gar nicht so langer Zeit Kunstgeschichte und Kulturwissenschaft studiert hatte, ein so brillant und mit Esprit formulierender Mensch war ihr bislang noch nicht begegnet.

Bei den ersten Besuchen im Park folgten Professor Lagarde und seine Begleiterin noch dem vom Sonnenkönig eigenhändig formulierten Führer *La Manière de montrer les Jardins de Versailles*, wonach man zunächst auf den Stufen des großen Parterres stehen bleiben soll und von dort sich über die Lage der Terrassen orientieren, nach den «Points de vue» Ausschau halten und nach den verschiedenen Brunnen in ihrer Wechselwirkung sehen soll. Anschließend müsse man der Hauptallee, dem *«tapis vert»* bis zum Kanal folgen und auf das Schloss zurückblicken.

Dieses Mal aber gingen sie direkt zum ‹grünen Teppich› und bis zum Apollobrunnen, aus welchem der Sonnengott auf seinem Phaetonwagen aus den tobenden Wellen aufsteigt, begleitet von vier Delfinen und vier mächtigen Gestalten, die ins Horn stoßen, um die Ankunft der Lichtgestalt zu verkünden.

«Kommen Sie!», Lagarde ging bis ganz nah an den Brunnen. «Betrachten Sie das Haupt Apolls. Kein Anflug von Eitelkeit, keine Machtpose, keine Herrscherpose. Mit gesenktem Haupt ist er der Demütigste dieses Auftritts. Gelassen, selbstsicher und mit leichter Hand lenkt er seine Quadriga, taucht auf wie aus einem Spiegel. Wind machen wie so oft nur die starken Kerle, die den Tag einläuten, keine Frage, sie haben ihre Funktion, aber wie viel mehr sind bedauerlicherweise sie in unserer Welt den Menschen ein Vorbild, leider viel mehr als der Gott. Dieser, wie Sie sehen, sucht den Blick der Cherubim, der Gottesbegleiter.»

Sie hatten auf einer Steinbank Platz genommen. Nach längerem Schweigen, das ganz und gar ausgefüllt war von der machtvollen Erscheinung des Apoll inmitten seiner Cherubim, bestrahlt von der warmen Nachmittagssonne, listete Professor Lagarde die Meister auf, deren Zusammenspiel nötig war, um diesen unvergleichlichen Park lebendig werden zu lassen. Also jene Architekten und Gärtner, jene Bildhauer und Wasserspielkonstrukteure, kurz, jene Künstler, deren Kunst nichts dem Zufall überließ, deren breite Kenntnisse der abendländischen Kultur das solide Fundament ihrer Arbeit bildeten.

Klara formulierte ein paar Gedanken auf ihren Block, hielt plötzlich inne und hob den Kopf.

«Ich versteh nicht, wieso der Gott von West nach Ost aus den Fluten steigt, gegen den kosmischen Plan. Aber wahrscheinlich hätte es die Architektur des Gartens auf den Kopf gestellt.»

«Glauben Sie wirklich, dass hoch gebildete Leute wie der Landschaftsarchitekt Le Nôtre das nicht bedacht hätten? Die gängige Erklärung lautet anders: Apoll kommt dem Sonnenkönig entgegen. Das klingt zwar schlüssig, überzeugt mich aber wenig. Ich denke vielmehr, dieser Apoll im Grand Bassin ist nicht Gott selbst, sondern nur sein Abbild, besser: die Spiegelung des Gottesauftritts in der Welt, was ja durch das Wasserbecken augenfällig auch so ist. Also muss sein Auftritt konsequenterweise gespiegelt, also seitenverkehrt stattfinden.»

11

Dr. Wittenberg ahnte, weshalb ihn sein Chef, der ihn auf 18 Uhr in sein Büro bestellt hatte, und der ihn schon seit fast einer halben Stunde warten ließ, zu sich gerufen hatte. Schließlich hatte er ihm vor etwa zwei Wochen sein Projekt als detailliert ausgearbeitetes Dossier vorgelegt.

«Das Dauerthema Gesundheitsreform reformiert uns alle immer tiefer in die Katastrophe hinein, auf Kosten der Patienten wohlverstanden. Jeder einigermaßen denkfähige Mensch kapiert inzwischen, dass dieser politische Murks nie im Leben funktionieren wird.»

Mit diesen Worten kam der Klinikchef ins Zimmer geschossen und knöpfte sichtlich missgelaunt seinen weißen Kittel auf. Micha Wittenberg hatte sich erhoben. Professor Winter reichte seinem wartenden Assistenzarzt die Hand.

«Ich grüße Sie! Bitte bleiben Sie sitzen! Aber Sie können sich ja denken, dass ich Sie nicht bestellt habe, um Ihnen das zu sagen», fügte er mit einem Lächeln hinzu.

«Ich habe mir übers Wochenende Ihren Projektvorschlag zu Gemüte geführt. Und um ehrlich zu sein: mit großem Interesse. Mir gefällt das. Ich sage es, wie ich es denke: Mir gefällt nicht nur die Idee, sondern auch die doch schon sehr ausgereifte Detailplanung. Sie haben sich da, basierend auf Ihrer wissenschaftlichen Forschung, nicht nur etwas Originelles einfallen lassen, sondern zeigen auch die nötigen Schritte auf, die die Realisierung eines solchen Unternehmens erfordert. Der Haken bei der Sache ist Ihnen natürlich auch klar …»

«Die Finanzierung …»

«Richtig, die dafür nötigen und nicht ganz unerheblichen Mittel. Und da glaube ich nicht, dass Sponsoren allein helfen. Es geht um eine gesicherte Anschlussfinanzierung, um die Deckung der laufenden Kosten, die Sache wird sich, zumindest am Anfang, nicht von selbst tragen. Vom Staat ist meiner Einschätzung nach zur Zeit nichts zu erwarten. Kurz: Die einzige Chance, die ich sehe, wäre eine Stiftung. Und die sollte nicht zu bescheiden dotiert sein.»

«Daran habe ich auch schon gedacht, kenne mich da aber überhaupt nicht aus und kann mir ehrlich gesagt auch nicht vorstellen, welcher großherzige Mäzen in Frage kommen könnte», warf Dr. Wittenberg ein. «Natürlich denkt man an die Pharmaindustrie …»

«Na ja, könnte man denken. Nur sind Ihre verkrümmten Wirbelsäulen keine lohnende Zielgruppe für ein Arzneimittelunternehmen. Andersrum wird ein Schuh draus: Suchen Sie einen alten, aber millionenschweren ‹Schneiderbuckel›, der der Menschheit etwas Gutes tun will und sich um sein Seelenheil sorgt.»

Der Professor grinste, fügte dann hinzu: «Spaß beiseite: Ich will Ihnen die Sache nicht vermiesen, aber ich sehe im Moment beim besten Willen nicht, wie oder wo ansetzen. Das heißt aber nicht, dass Ihre Idee nichts taugt. Im Gegenteil. Mein Vorschlag: Wir behalten die Sache selbstverständlich ernsthaft im Auge. Und sowieso: ein Schritt nach dem anderen. Wie kommen Sie mit Ihrer Arbeit voran? Um ein solches Projekt nach außen zu präsentieren, ist die Habilitation unabdingbar. Wann erfahre ich Näheres? Ich bin gespannt! Bleiben Sie dran! Nach 14 Stunden Klinik bleiben schließlich immer noch zehn Stunden pro Tag, die man ja erst mal füllen muss», meinte der Klinikdirektor mit dem ihm eigenen Humor.

«Und zu Hause? Alles okay?» Mit diesen Worten verabschiedete er sich von seinem Assistenzarzt und war zur Türe draußen.

Micha Wittenberg kannte seinen Chef. War weder verwundert noch verärgert. Wenn er es recht bedachte, war er sogar höchst erstaunt, wie positiv dieser das Projekt beurteilte. Mit gemischten Gefühlen ging er wieder zurück auf seine Station. Schließlich fehlten ihm heute ja noch zwei der 14 Stunden.

12

Vom Himmel zur Hölle ist der Weg nicht weit. Oder wie Klaras Lateinlehrer es zu formulieren beliebte: Freud und Leid liegen oft nah beieinander. Oder gilt auch Großmutters «Hochmut kommt vor dem Fall»?

«Nein!»

Klara schüttelte ärgerlich den Kopf und wies diesen Gedanken entschieden von sich. Wischte sich mit dem Handrücken die Tränen weg, die ihr über die Wange liefen. Nein, hochmütig war sie nicht. Doch fühlte sie sich in diesem Moment wie ausgeleert, zum Wegwerfen. Bereits zum wiederholten Male las sie das Schreiben, das sie vor wenigen Minuten aus dem Briefkasten geholt hatte. Sie war sich immer noch nicht sicher, ob sie alles verstanden hatte, oder vielleicht einfach nicht verstehen wollte, zumindest aber nicht wahrhaben wollte. Von der gegenwärtig äußerst prekären Situation im deutschen Verlags- und Buchhandelswesen war die Rede, und von daraus resultierenden Verlagsfusionen als der Möglichkeit, erfolgsorientiert weiter zu arbeiten. Im Klartext hieß das dann wohl, dass ihr Verlag an einen Konzern verkauft würde, und dass, soviel allerdings hatte sie unmissverständlich verstanden, das geplante Buchprojekt damit definitiv nicht verwirklicht werden könne. Mit Schrecken dachte sie daran, dass sie diese Hiobsbotschaft Professor Lagarde beibringen musste. Peinlich, dachte sie, er wird sich mehr als veräppelt vorkommen. Und sie hatte keine Ahnung, wie sie es ihm erklären sollte.

13

Irma Wohleben war mit dem Zug von Frankfurt nach Heidelberg gefahren, wo ihr Neffe sie am Bahnhof in Empfang nahm. Die beiden mochten sich. Schon immer. Seit Micha als Arzt in der Klinik tätig war, sah man sich seltener, zu selten, wie die Tante gelegentlich anmerkte. Sie fuhren, wie kürzlich am Telefon bereits vereinbart, ins Gasthaus Lamm nach Handschuhsheim. Nach dem Aperitif überreichte Micha seiner Tante einen Umschlag, zum Geburtstag, nachträglich. Nachdem sie die Geburtstagskarte gelesen hatte, meinte Irma gerührt:

«Du bist ein guter Junge! Willst ein ganzes Wochenende mit mir durch die Gegend fahren? Ich danke dir! Darauf freue ich mich!»

Mit einem Seufzer fügte sie hinzu: «Schade, dass mein Bruder das nicht mehr erleben darf. Dein Vater wäre sicher stolz auf dich!»

Irma Wohleben tupfte sich mit der Serviette eine Träne weg. Unvermittelt wollte sie wissen: «Und, sag mir: Hast du eine neue Liebe schon gefunden? Oder wenigstens im Blick?»

So direkt konnte nur Tante Irma fragen. Dafür war sie in der Familie bekannt. Und auch darüber hinaus. Zu ihrem Vorteil, gelegentlich auch zu ihrem Nachteil.

Insgesamt aber, so wusste sie sich zu verteidigen, insgesamt aber war ihr ihre unkomplizierte und gelegentlich brüskierende Art doch von Nutzen. Dennoch hatte Micha damit nicht gerechnet. War in diesem Moment auf diese Frage nicht gefasst. Er schaute erstaunt, lächelte dann etwas angestrengt und versuchte seiner Tante klar zu machen, dass im Moment andere Dinge im Vordergrund stünden.

«Ach, red dich nicht raus! Für die Liebe muss immer Zeit sein, besonders wenn man so alt ist wie du. Außerdem brauchst du mir nichts weiszumachen: Bist a Herzensbrecher wie dein Vater auch einer war und wirst dich bloß nicht entscheiden wollen. Hör mir zu: Ich bin jetzt 78, ich will mein Leben in Ordnung bringen, ich will doch ...»

Sie stockte, schaute plötzlich unsicher, was sie sagen, besser: verraten wollte, bedrückt auf den Teller.

«Tante», meinte Micha mit vorwurfsvollem Unterton, «ich weiß gar nicht, ich mein', ich bin sicher, du hast längst alles in Ordnung gebracht, wie ich dich kenne, und außerdem bist du doch noch gar nicht so alt.»

«Ob alt oder nicht alt, es spielt keine Rolle.»

«Was meinst du?»

«Nun, weil wir nicht kennen weder den Tag noch die Stunde.»

Irma hatte sich vorgenommen, nichts von ihrem Friedhofserlebnis zu erzählen und also auch nichts von den 40 Tagen. Also versuchte sie, das Thema zu wechseln.

«Man denkt, wenn man älter wird, mehr und mehr an früher, weißt du?»

«Aber trotzdem muss man heute leben. Auch du, Tante Irma. Und du musst jeden Tag genießen und dich freuen, dass es dir gut geht», meinte Micha aufmunternd.

«Das ist ja gut und nett, aber wenn es mir heute gut geht, dann hat das ja auch mit der einen oder anderen Angelegenheit von früher zu tun.»

«Ich weiß nicht, was du damit sagen willst.»

«Ist auch nicht so wichtig, war nur so ein Gedanke.»

Irma Wohleben trank einen Schluck Wasser.

«Hör zu», sagte sie zu ihrem Neffen, «zuweilen, im Leben, tun sich wunderliche Dinge.»

Micha schaute neugierig und skeptisch zugleich.

«Wunderliche Dinge? Tante, ich bitte dich, was denn für wunderliche Dinge?»

‹Vielleicht dass du wunderlich wirst›, dachte er, sagte es aber nicht.

«Glaub bloß nicht, dass ich wunderlich werde», sagte Irma Wohleben, der inzwischen klar war, dass es jetzt hier im Restaurant wenig Sinn machte, ein tief schürfendes Gespräch anzufangen.

«Wie kommst du denn auf so einen Gedanken?» wollte Micha wissen und dachte sich: ‹Inzwischen kann sie sogar Gedanken lesen. Oh mein Gott!›

Irma Wohlebens Blick ruhte für einen Moment auf ihrem Neffen und verlor sich dann in der Ferne. Vielleicht, dachte sie, fehlte ihr ganz einfach auch die Kraft, um energisch ein solches Thema zu diskutieren, und wahrscheinlich hätte Micha ja auch nicht die geringste Lust, ihr zuzuhören, wenn es um längst Vergangenes ginge. Sowieso war es fast ein Ding der Unmöglichkeit, über früher zu reden. Lag es an ihr oder lag es an den Jungen? Wer blockierte?

Sie nahm noch einmal die Karte zur Hand, die Micha ihr geschrieben hatte.

«Und du bist sicher, dass du ein ganzes Wochenende opfern willst für deine alte Tante? Es wär' sicher gescheiter, wenn du mit einer jungen Frau fortfahren würdest, mit ihr würdest wandern gehen oder ins Theater oder noch besser ins Museum, schauen, ob sie etwas für Kunst übrig hat.»

Micha räusperte sich übertrieben deutlich:

«Tante, bitte! Wenn die Richtige kommt, dann werde ich mit ihr wandern gehen, ins Theater gehen und Kunst anschauen. Aber zu deinem Geburtstag wollte ich dir mit diesem Wochenendgutschein eben eine kleine Freude machen. Du kannst über mich verfügen. Und selbstverständlich bestimmst Du, wo's hingehen soll!»

14

Unschlüssig und erst nach längerem Zögern telefonierte Klara in ihrer Not dann doch mit ihrem Penthouse-Indoor-Freund. «Klar doch», meinte er, das täte ihm wirklich leid. «Keine Frage!» Fügte dann allerdings hinzu, dass es ja auch ein Zeichen, ein Signal oder so was sein könnte. Klara wollte wissen, was er damit meinte. Na ja, vielleicht eine diskrete Aufforderung, endlich aus der Paradiesgärtchenwelt herauszukommen und der Realwelt ins Auge zu schauen. Langsam aber sicher sei's für sie, als gelernte Reporterin, doch eher angesagt, etwas über die – wie er es formulierte – über die «miesen Gegenden dieser Welt» zu schreiben. Von dort kämen schließlich täglich die sensationellen Berichte, nicht aus Gärten, sondern aus den Wüsten, aus den verwüsteten Gegenden. Dort, so wusste er, spiele die Musik, und nicht so sehr in unseren schnuckeligen Gartenidyllen. Und als Pointe meinte er noch eins draufsetzen zu müssen, indem er betonte, dass gutes Geld in dem Job am sichersten eben mit den «miesen Gegenden, wo die Leute krepieren», zu machen sei.

‹Was soll's? Er will mich in die Wüste schicken. Lass es›, dachte Klara, ‹lass es, weil es zwecklos ist.›

So oft schon hatte sie es versucht, und am Telefon hatte es sowieso keinen Wert. Plötzlich erschien ihr alles höchst sinnlos. Sie spürte, wie ihr jegliche Energie aus den Gliedern entwich, zu müde, um Argumente zu finden, zu mutlos, um zu streiten. Ihr fehlte schlicht die Kraft. Klara legte auf. Gerade noch rechtzeitig. Dann heulte sie los. Und war wütend. Als sie sich wieder gefangen hatte, ging sie ins Bad, wischte sich den verschmierten Lidschatten und auch ihre Wut aus dem Gesicht. Sie versuchte, Professor Lagarde zu erreichen. Vergeblich. Nur der Anrufbeantworter meldete sich. Verdammt! Wahrscheinlich war er bereits auf dem Weg nach Versailles, wo sie sich für heute Nachmittag wieder verabredet hatten. So blieb ihr nichts anderes übrig, als ebenfalls nach Versailles zu fahren. Auch wenn sie nicht wusste, was sie dort jetzt noch sollte, jetzt, wo das geplante Buchprojekt geplatzt war. Alles für die Katz, dachte sie. Die ganzen Recherchen, die vielen Überlegungen und Notizen. Plötzlich soll es einfach nicht mehr sein. Sie hatte ihre Mansarde verlassen. Draußen schien die Sonne. ‹Nicht für mich›, dachte sie. Und der Straßenlärm tat ihr in den Ohren weh. Auf einem Werbeplakat las sie das Wort *Orientation*.

‹Genau›, dachte sie, ‹vielleicht sollte ich mich eben neu orientieren, umorientieren, am besten mich um Interieurs kümmern, um Designer-Lofts und Penthousemöblierung, anstatt um Gartenkunst, Parkanlagen und die Belange der Natur.›

Dann überlegte sie, was sie hätte anders machen können. Ob ein bereits im Vorfeld schriftlich fixierter Vertrag etwas genützt hätte?

Ach was, ein Buch lässt sich nicht gegen den Verleger durchsetzen, egal, wie der Verlag heißt.

In der Linie C Richtung Versailles suchte sie zum hundertsten Mal nach passenden Formulierungen, mit denen sie Professor Lagarde die peinliche Neuigkeit beibringen könnte.

15

Wie so oft kam es anders als gedacht. Lagarde empfing Klara wie immer bei Platon, Diogenes und den anderen steinernen Gestalten mitten im Park von Versailles, diesmal aber in Begleitung seiner Frau Pauline.

«Ich hoffe, Sie haben nichts dagegen, dass ich heute Verstärkung mitbringe.»

«Im Gegenteil», stammelte Klara etwas verlegen, und wusste im Moment nicht, was sie denken sollte, überlegte gleichzeitig, wie sie möglichst schnell ihre Hiobsbotschaft loswerden könnte.

«Wir haben einen kleinen Anschlag auf Sie vor», meinte Pauline lächelnd, während sie sich bei Klara unterhakte und alle drei die Allee Richtung *Bosquet de la Girandole* weitergingen. Klara hatte schnell verstanden, dass jetzt wohl erst mal in der kleinen Brasserie dieses Wäldchens Café getrunken werden sollte. Und rätselte, um was für einen Anschlag es sich handelte und wie sie jetzt endlich ihrem Versailles-Spezialisten die schlechte Nachricht beibringen könnte. Kaum hatten sie an einem der kleinen grünen Tische Platz genommen, rückte Madame Lagarde mit der Sprache heraus.

«Wie mein Mann Ihnen gegenüber ja bereits erwähnt hat, muss er nächste Woche nach Italien zu einem Kongress fahren. Wie jedes Jahr zu dieser Zeit. Oft konnte ich ihn begleiten, gelegentlich wurde auch einem seiner Assistenten diese Ehre zuteil. Da ich mich aber um meine 92-jährige Mutter kümmern muss, kann ich Claude dieses Jahr nicht begleiten. Um nun ganz ehrlich zu sein, ich lasse ihn nicht gerne alleine reisen, und abgesehen davon reist auch er nicht gerne alleine. Mein Mann ist nicht mehr der Jüngste, und überhaupt ist Monsieur le Professeur, was die praktischen Dinge des Lebens betrifft, schnell überfordert, nicht wahr, Claude?»

Der so direkt angesprochene versuchte mit gespielter Entrüstung und ironischem Gesichtsausdruck zu widersprechen, was Pauline jedoch ignorierte:

«Nun, da wir uns ja kürzlich beim Abendessen kennengelernt haben, habe ich Claude vorgeschlagen, Sie zu fragen, ob Sie nicht Zeit und Interesse hätten, ihn zu diesem Kongress zu begleiten.»

«Das Kongressthema könnte Sie durchaus interessieren», fügte Lagarde hinzu, jetzt wieder ganz und gar sachlich im Ton. Klara nahm erst einmal die Kaffeetasse in die Hand, um sich daran festzuhalten.

«Sie müssen sich jetzt nicht gleich entscheiden. Denken Sie in Ruhe darüber nach», kam ihr Pauline in ihrer sichtlichen Verlegenheit zu Hilfe.

«Ah ja!» entfuhr es Klara. Dann meinte sie entschuldigend, dass sie wohl zuletzt mit so etwas gerechnet hätte. Zumal sie ihrerseits etwas auf dem Herzen habe, was sie ansprechen müsse …

«Das klingt spannend», meinte Henri Lagarde, der bislang seiner Gattin das Wort überlassen hatte.

«Ist für mich aber leider unerfreulich», erwiderte Klara tonlos und gleichzeitig dankbar. Schnörkellos erklärte sie ihre Situation.

Aufmerksam folgten Monsieur und Madame Lagarde Klaras Worten.

Dann griffen sie zu ihren Tassen. Nach einer Weile meinte Professor Lagarde:

«Sie brauchen sich für nichts zu entschuldigen und erst recht braucht es Ihnen nicht peinlich zu sein. Glauben Sie mir, ich habe selber jahrzehntelang Erfahrungen mit der Verlagsbranche gesammelt, und darunter leider auch sehr unangenehme. Was wollen Sie!? Eine Branche im Umbruch. Und damit werden Traditionen und gewachsene Strukturen zerstört.»

«Die Vielfalt geht verloren», fügte Madame Lagarde hinzu, «und unsere Welt wird dadurch immer ärmer und uniformierter.»

«Du hast recht, meine Liebe», erwiderte Monsieur Lagarde, «allein: Klagen hilft nicht weiter.» Und zu Klara gewandt fügte er hinzu: «Voilà! Erst recht also zurück zu unserem Angebot. Denken Sie in Ruhe darüber nach. Betrachten Sie es, wenn Sie so wollen, als eine Türe, die sich jetzt, wo eine andere zugefallen ist, auftut. Und überlegen Sie, ob Sie nicht vielleicht sogar eine Möglichkeit finden, über den Kongress in einer deutschen Zeitschrift zu berichten.»

Klara hob die Augenbrauen und schaute erwartungsvoll auf Lagarde.

«Nun, wie ich schon angedeutet habe, könnte das diesjährige Kongressthema durchaus auf Ihr Interesse stoßen.»

Klara holte tief Luft und lehnte sich zurück. Dann meinte sie, wieder etwas gelöster: «Sie machen mich neugierig.»

16

«Wie? Was tust du denn noch da?» Dr. Max Ulmer stieg aus seinem Alfa, als ihm Kollege Wittenberg auf dem Parkplatz der Kinderklinik entgegenkam. Eigentlich hatte dieser seit Stunden bereits Feierabend. Sein Freund Max dagegen Nachtdienst.

«Es kam noch eine Neuaufnahme mit Anamnese, Torsionsskoliose. Die Kleine hatte Schmerzen.»

«Na wenigstens kam sie dann ja gleich an den Richtigen.»

«Wenn etwas sein sollte, ich bin zu Hause erreichbar.»

«Wer hätte das gedacht! Mal was ganz was Neues!»

Micha hatte keine Lust, auf die subtile Spitze seines Kollegen einzugehen. Dafür meinte er:

«Ich bin mir nicht sicher, ob deine Idee mit dem Wochenende als Geburtstagsgeschenk für meine Tante wirklich eine gute Idee war.»

«Ach ja? Und wie hat sie reagiert?»

«Sie war total begeistert.»

«Na bitte! Und wohin soll's gehen?»

«Keine Ahnung, Schwarzwald, Bodensee, Elsass. Ich lass mich überraschen. Eins versprech' ich dir: Bei Komplikationen schick ich dir eine SMS: ‹Bitte übernehmen!›»

Micha stieg lachend in seinen Wagen, ließ den Motor an und die Scheibe nach unten: «Meine Tante wäre für dich genau das Richtige, so für ein verlängertes Wochenende ...»

17

Madame Lagarde hatte sich um die Tickets des TGV gekümmert. Abfahrt 7 Uhr 42 von der Gare de Lyon *via* Milano. 18 Uhr 35 Ankunft in Florenz, Campo di Marte. Fahrtdauer 10 Stunden, 53 Minuten. Man hatte sich am Bahnhof verabredet.

«Sollte Claude Ihnen zu viele Vorträge halten, dann müssen Sie ihn bremsen. Er wird es Ihnen nicht übel nehmen.»

Klara war es ohne große Mühe gelungen, einige Aufträge an Land zu ziehen. Für eines der renommiertesten Gartenmagazine sollte es, wenn's klappt, sogar die Titelstory der Sommerausgabe sein.

Kaum hatte der Zug an Fahrt gewonnen, meinte Claude-Henri Lagarde schelmisch:

«Pauline hat mir Anweisung gegeben, Ihnen keine Vorträge zu halten. Ich werde versuchen, mich daran zu halten. Ich werde also schweigen und nur auf Ihre eventuellen Fragen antworten.»

«Wunderbar! Fragen stellen ist ganz und gar Teil meiner Profession», meinte Klara nicht weniger schelmisch.

«Dann bin ich erleichtert.»

«Meine erste Frage könnte lauten: Seit wann, weshalb und wieso beschäftigen Sie sich mit dem Garten?»

Professor Lagarde holte tief Luft. «Also doch ein Vortrag? Ich warne Sie!»

«Tun Sie sich keinen Zwang an, im Zweifel weiß ich mich zu wehren.»

Beide hatten es sich auf ihren Fensterplätzen bequem gemacht, man war, wie es aussah, ohne Nebensitzer geblieben, umso besser.

«Wissen Sie, ich habe nie biographische Archäologie betrieben, obwohl mir klar ist, dass vieles, was unser Leben bestimmt, doch seinen Ausgang in der Kindheit nimmt. Ich stamme aus dem Bordelais, mein Vater war mit Leib und Seele Schulmeister, alte Schule. Alle nur erreichbaren Museen mussten wir mit ihm besuchen und alle nur irgendwie erreichbaren Schlösser sowieso. Dazu kam seine Liebe zur Malerei, er war ein begeisterter Freizeitmaler, der mit seiner Feldstaffelei an jedem Wochenende hinausfuhr in die Natur. Es gab eine Zeit, wo wir Kinder gerne mitgingen, später wollten wir dann nur noch die fertigen Werke im Haus bestaunen. Im Winter entstanden Blumenbilder in seinem Atelier, einer kleinen verglasten Veranda hinter der Waschküche. Hinzu kamen die Besuche bei befreundeten Familien, meist war man dann im Garten, aber natürlich wussten wir auch, dass es ein kleiner privilegierter Kreis war, der sich um solche Dinge wie Gartenkultur kümmern konnte. Vergessen Sie nicht, ich spreche von den Jahren 1940 bis 1945. Der Geist der Kollaboration im Frankreich des Maréchal Pétain hatte sich auch auf die Gärten wie

Mehltau gelegt. Und nach dem Krieg stand das Nützliche im Vordergrund: Man holte sich sein Gemüse und seinen Salat aus dem eigenen Garten, man hat Kartoffeln angebaut und Obstbäume gepflanzt. Kartoffeln ergeben pro Flächeneinheit mehr Kalorien als jede andere Nutzpflanze. Was heute im Kampf gegen den weltweiten Hunger eine große Chance ist, das wusste man damals auch schon. Hätten Sie gedacht, dass ein Europäer pro Jahr etwa 100 Kilo Kartoffeln verzehrt? Allerdings sind die Weißrussen mit 340 Kilo pro Jahr und Person die Weltmeister im Kartoffelessen, macht immerhin ein Kilo pro Tag. Ein Afrikaner kriegt fürs ganze Jahr 14 Kilo.»

Klara folgte mit sichtlichem Interesse den Ausführungen ihres Gegenübers, konnte sich eines Lächelns aber doch nicht erwehren, was Lagarde sofort wahrnahm und entsprechend deutete. «Pardon, ich schweife ab. Zurück zu den Gärten meiner Kindheit. Wie gesagt: Es ging um Kohl, um Bohnen und Erbsen und nicht um die Rivalität mit den englischen Gärten, auch wenn dies dann in den 60er Jahren zum Thema der Gartenjournale wurde. Da wurde Platz geschaffen für Rasenflächen. Und so ratterte dann in diese ausgehende Selbstversorgeridylle hinein die sich emanzipierende Gattin mit dem weithin hörbaren Zweitaktrasenmäher. Solch ein Wundergerät erzeugte etwa gleichviel schädliche Abgase wie 80 PKWs. Für den Gatten blieb am Wochenende aber auch noch genug zu tun: Er fütterte den Häcksler und hantierte mit der neu erworbenen Kettensäge. Trotz solcher Fortschrittssymbole hat man in den Jahren des wirtschaftlichen Aufschwungs Gartenkultur geringschätzig betrachtet. Verstädterung und Urbanität waren gefragt. Dann kam Mai '68, mit wenig Sinn für Ästhetik und Idylle. Der Garten hatte ein zunehmend schlechtes Image, galt als unpolitischer Rückzugsraum, und Flower Power hatte weniger mit Blumen als mit ‹Gras› zu tun, wenn Sie wissen, was ich damit sagen will.»

Lagarde legte eine kurze Pause ein, grinste vielsagend und fuhr fort:

«Ich weiß, wovon ich spreche, viel Rauch um wenig Rausch. Und dem Paradies keinen Schritt näher. Eine trügerische Idylle.»

«Ist nicht jede Idylle trügerisch? Denn ...»

«Sie haben völlig Recht.»

«... denn ich kenne ein altes Kinderlied, in dem der Störenfried in Form eines buckligen Männleins in die Gartenidylle eindringt und sie stört. *Will ich in mein Gärtlein gehen.* Ein Lied, aus dem ich nie ganz schlau wurde.»

Lagarde zeigte sich höchst interessiert, so dass Klara versprach, es ihm aufzuschreiben.

«Ich hoffe, ich krieg es noch zusammen.»

«Das würde mich freuen! Zurück aber wieder zu Ihrer Frage nach meinem Interesse an der Gartengestaltung.

Vor der Folie der eigenen Kindheitserfahrungen mit den Gärten und Parks, die ich kennengelernt hatte, studierte ich Kunstgeschichte, Kulturwissenschaft und Literatur. Und immer wieder und auf die unterschiedlichste Weise bin ich bei meinen Studien dem Gartenthema begegnet, das im Übrigen für mich immer auch ein literarisches und kulturpolitisches Thema war. Anfangs war es ein rein erkenntnistheoretischer Zugang, dem sich dann aber mehr und mehr der sinnliche Aspekt beigesellte. Und damit wuchs die Faszination.

Nicht zuletzt durch die ökologische Bewegung hat das Interesse am Thema zugenommen. Aber es gibt noch weitere Faktoren. Schauen Sie: In der Natur haben Sie den Kreis-Lauf, in der Zivilisation den Fort-Schritt. Wir Menschen gehören zur einen wie zur anderen Welt. Nun sind wir aber durch den Arbeitsprozess fast ausschließlich eingebunden ins Fortschrittsdenken der Zivilisation. In den Betonschluchten unserer Großstädte ging vielen von uns das Bewusstsein für die Naturhaftigkeit verloren. Der Mensch der Industriegesellschaft lebt durchschnittlich zu neunzig Prozent eingemauert hinter Stein, Glas, Blech und Beton. Nur zu zehn Prozent in der Natur. Und mehr denn je nimmt er die Welt über die elektronischen Medien vermittelt wahr, also indirekt, indem er vor einem Fernsehgerät sitzt oder vor einem Bildschirm, seinem Arbeitsplatz. Beansprucht werden in der High-Tech-Umgebung vor allem Augen und Ohren. Noch nie war die mentale Erschöpfung des Zivilisationsmenschen so groß wie momentan. Was Wunder also, dass er sich in den Garten sehnt, wo nachgewiesenermaßen die Herzfrequenz sinkt und der Blutdruck runtergeht, wo man innehalten, loslassen und wieder tief durchatmen kann. Ein ideales Medium also für Rekonvaleszenz und Rehabilitation, um so *in* der Natur zur *eigenen* Natur zurückzufinden.

Ironie des Schicksals oder schlicht Widersinn: Mit der Natur versuchen wir die Wunden zu heilen, die durch den selbstverschuldeten Entzug von Natur entstanden sind. Wir hätten es einfacher haben können.»

Diese Bemerkung klang wie der Schlusssatz eines Vortrags, dachte Klara. Und Claude-Henri Lagarde sah es ähnlich, indem er Klara bat: «Sie müssen mich bremsen, ich rede sonst zu viel.»

«Keine Sorge, noch bin ich hellwach und freue mich über alles, was ich lernen kann. Mir kam gerade ein Satz des deutschen Frühromantikers Novalis in den Sinn, den ich kürzlich beim Besuch der Geheimen Gärten Rolandswerth in Remagen entdeckt habe: *Die vollendete Speculation führt zur Natur zurück.*»

18

Der Blick schräg hinaus aus dem Fenster des TGV ist anstrengend. Landschaften werden in rasender Monotonie herangezoomt und weggewischt noch ehe man sie hätte wahrnehmen können.

Claude-Henri Lagarde kramte ein Heft und ein paar Blätter aus seinen Unterlagen, die er Klara reichte.

«Hier, wenn Sie sich das anschauen wollen, dann kriegen Sie einen wunderbaren Eindruck von dem, was uns demnächst auf unserem toskanischen Landsitz erwartet. Dieser eine kleine Text hier stammt aus einem der großartigsten Bücher der Weltliteratur, vielleicht werden Sie es erraten. Aber schauen Sie sich alles in Ruhe an, dann werden Ihnen sicher noch weitere Fragen kommen.»

Lagarde hatte sich zurückgelehnt, bald waren ihm die Augen zugefallen. Klara blätterte, las und fühlte, wie ihr Herz höher schlug. Las von einem Landsitz, der auf einem Hügel lag, «nach allen Richtungen ein wenig von den Landstraßen entfernt, mit mancherlei Bäumen und Sträuchern bewachsen, alle grün belaubt und lieblich anzusehen. Oben auf dieser Anhöhe das Herrschaftshaus mit einem schönen und großen Hofraum in der Mitte, reich an offenen Gängen, Sälen und Zimmern, die, sowohl insgesamt als jedes für sich betrachtet, ausnehmend schön und durch den Schmuck heiterer Malereien ansehnlich waren. Rings umher lagen Wiesen und reizende Gärten mit Brunnen voll kühlem Wasser und Gewölben, die reich an köstlichen Weinen waren, so dass sie eher für erfahrene Trinker als für mäßige, sittsame Mädchen geeignet schienen.

Das Innere des Palastes fand die eintretende Gesellschaft zu ihrem nicht geringen Vergnügen reinlich ausgekehrt. Alles war voll von Blumen, wie die Jahreszeit sie mit sich brachte.»

Boccaccio? Dieser Text könnte aus der Rahmenhandlung des *Decamerone* stammen, Klara war sich ziemlich sicher, vor ein paar Jahren hatte sie es gelesen, als sie zum ersten Mal nach Florenz fuhr. Und noch ein weiterer Text in Lagardes Papieren könnte aus dem *Decamerone* stammen:

«Ringsherum und nach allen Richtungen im Inneren liefen pfeilgerade, breite Wege, überlaubt von Weinreben, die für dieses Jahr eine reiche Traubenernte versprachen; und da sie damals in der Blüte standen, strömten sie zusammen mit den anderen Gewächsen, die im Garten dufteten, einen solchen Wohlgeruch aus, dass sich die Gesellschaft mitten unter alle Spezerei des Morgenlandes versetzt wähnte. Und diese Gänge waren, so wie oben durch das Rebendach, an den Seiten überall mit Hecken von weißen und roten Rosen und Jasmin gleichsam geschlossen, so dass man sich unter dem lieblichen, würzigen Schatten nicht nur am Morgen, sondern auch wenn die Sonne am höchsten stand, nach Belieben ergehen konnte, ohne von den Strahlen getroffen zu werden. Mitten in dem Garten war eine Wiese von zartem Grase, deren beinahe ins Schwarze übergehendes Grün vielleicht von tausenderlei bunten Blumen unterbrochen war; und sie war ringsum von grünen, strotzenden Orangen- und Zitronenbäumen umschlossen, die mit ihren Früchten, alten sowohl als auch unreifen, und ihren dabei noch immer blühenden Zweigen dem Auge Schatten boten und den Geruchssinn durch würzigen Duft erfreuten. Und mitten in dieser Wiese war ein Brunnen aus weißem Marmor, ein Meisterwerk der Bildhauerkunst ...»

Als Studentin hatte sie Jakob Burckhardt gelesen, und sich damit aufs Examen vorbereitet. Sowieso hielt sie seine *Kultur der Renaissance in Italien* für die Pflichtlektüre eines Italienreisenden. Er beschreibt, wie in Italien die frühesten botanischen Gärten entstanden sind, wie «Fürsten und reiche Privatleute bei der Anlage ihrer Lustgärten von selbst auf das Sammeln möglichst vieler verschiedenen Pflanzen und Spezies und Varietäten derselben gerieten.»

Weiter beschreibt Burckhardt, wie die italienische Gartenkunst auf der Suche nach Harmonie war, nach den großen Linien und Perspektiven, der schönen, ruhigen Komposition, dem einfachen Kontrast, der klaren Linienführung. Hier will man nicht wie im englischen

Garten «die freie Natur mit ihren Zufälligkeiten künstlich nachahmen, sondern die Natur den Gesetzen der Kunst dienstbar machen ...»

Und immer gab es in diesem italienischen Renaissancegarten den *giardino segreto*, den Ort der Beschaulichkeit und der Kontemplation. Ein verborgener, abgeschlossener, verschwiegener Ort, ein privater Ort, der am besten gehütete Ort, den erstaunlicherweise fast alle Anwesen bis heute noch kennen.

Um diesen herum dienten die übrigen Flächen der Nahrungsmittelproduktion, Gurken, Melonen und Kürbisse wurden angebaut, Orangen-, Zitronen- und Olivenbäume gepflanzt, Weinreben an Pergolen hochgezogen. Zedern und Zypressen dienten der Beschattung der Alleen. Fischbassins wurden gemauert, Wasserfontänen installiert. Daneben entstanden Tier- und Pflanzenmenagerien. In großzügigen Volieren flatterten kleine exotische Vögel. Die bevorzugten Grundstücke lagen am Hang, der durch elegante Terrassen- und Treppenanlagen gestaltet wurde. Gartenarchitekten entwarfen künstlich angelegte Grotten und Laubengänge, Bildhauer schufen Statuen nach antiken Vorbildern. Den Humanisten war der Garten Symbol für das Paradies, angelegt vom Allerhöchsten persönlich, einem Schöpfergott, dem ersten Gärtner.

Ihr fiel ein, dass sie damals auch einen Text aus dem Italienischen übersetzt hatte, in dem der Autor von Springbrunnen und künstlichen Fischteichen berichtete, von labyrinthischen Laubengängen, die zu verborgenen Einsiedeleien führen, umgeben von hohen Buchsbaumhecken, welche die Schere des Gärtners zu Vasen, Bogen, Pyramiden und hunderterlei anderen Gestalten zugestutzt hatte. Die Blumenbeete waren in regelmäßige Felder geteilt, die schnurgeraden Alleen mit Bögen von Hagebuchenbäumen überdacht, die in eine lauschige Laube ausliefen.

Klara waren die Augen zugefallen. Als sie nach geraumer Zeit wieder wach wurde, war Lagarde in ein Buch vertieft. Er schaute auf: «Nur noch drei Stunden», meinte er, «dann sind wir in Florenz.»

«Was!? Schon?» Klara musste sich strecken. Dann meinte sie, plötzlich lächelnd: «Giovanni Boccaccio, *Decamerone*.»

«Ahhh! Ich wusste es doch», sagte Lagarde, «*vous avez gagnez!* Sie haben gewonnen! Nun gut, weder wütet in Florenz derzeit die Pest, noch handelt es sich bei den Teilnehmern, die sich auf dem Landsitz treffen werden, um junge Frauen und junge Männer nobler Florentiner Familien. Nobel sind die Teilnehmer allemal, jung eher nicht, da werden Sie die große Ausnahme bilden, sowieso sind es, wie ich ja schon in Paris angedeutet habe, in erster Linie ältere Herren, vielleicht sollte ich Ihnen, wenn Sie wollen, die Teilnehmer kurz skizzieren?»

Lagarde zog aus seinen Unterlagen die Teilnehmerliste hervor und gab Klara einen Überblick. Zu fast allen

Namen hatte er Geschichten parat, Anekdotisches, gelegentlich spöttisch gewürzt. Die meisten der Teilnehmer seien ausgesprochen «nachtaktive Gestalten», je später der Abend, desto mehr niste sich der Weltgeist in die weinselige Runde, desto spannender und auch verstiegener verliefen dann die Gespräche. Dabei könne es gut sein, dass sich dann auch die Meisterdenker ins große geistige Nichts verirrten. Aber selbstverständlich dürfe man sich auch vorher schon zurückziehen, meinte Lagarde, als er Klaras Gesichtsausdruck wahrnahm. «Insgesamt ein durchaus eigenes Völkchen, die Philosophen», meinte er schmunzelnd, «Sie werden es ja erleben.» Auch Frühaufsteher seien dabei, die sich mit Vorliebe bei den ersten Sonnenstrahlen in den weitläufigen Garten begeben, um dort nach Art der Peripathetiker umherzuwandeln und dabei zu philosophieren. Andere wiederum zögen es vor, sich meditierend in eine einsame Ecke zu verkriechen. «Sie werden sehen, es ist ein Garten, der nicht nur alle Sinne anspricht, sondern darüber hinaus auch den Verstand. Ein Philosophengarten par excellence!» Und da der Kreis der Teilnehmer nur etwa ein Dutzend Personen umfasse, würde man sich oft spontan je nach Wetter und Tageszeit eben im Garten zusammenfinden, um die Referate zu hören und zu diskutieren. «Natürlich sind Sie eingeladen, an allen Zusammenkünften teilzunehmen. Diskutieren Sie mit! Man wird Ihre Meinung zu schätzen wissen.»

«Ich werde mich hüten!» meinte Klara und lachte. «Aber notieren werde ich mir sicher eine ganze Menge.»

«Die Rede ebenso wie das Gespräch bedürfen aber des Nachfragens, des Einwands, der Rücksprache und der Erwiderung.» Lagarde erinnerte an die Regeln der klassischen Rhetorik, die heute noch ihre Gültigkeit hätten, sprach von Pathos, Logos und Ethos, und wie ein guter Redner eben seit der Antike mit Sinn, Herz und Verstand zu überzeugen wisse, wie seine Rede dann ihre besondere Wirkung entfalten könne, wenn die persönliche Gefühlsebene, die praktische Vernunft und die ethisch überzeugende Haltung in einem inneren Zusammenhang zueinander stünden. Plötzlich meinte er: «Vielleicht sollten wir jetzt die Koffer bereitstellen.»

Klara schaute auf die Uhr, noch eine halbe Stunde, aber sie spürte, wie bei Lagarde langsam aber sicher die Unruhe wuchs. Sie versuchte, ihn zu beruhigen, was eine Zeit lang noch funktionierte, dann aber musste sie kapitulieren. Zusammen hievten sie die Gepäckstücke aus der Ablage und rollten sie Richtung Ausgang. Endlich verkündete die Stimme aus dem Lautsprecher dreisprachig, dass man in wenigen Minuten Florenz erreiche.

19

Alles lief nach Plan. Antonio, der Verwalter des Anwesens, holte die beiden wie verabredet persönlich am Bahnhof ab. Man kannte sich seit vielen Jahren und Antonio palaverte während der ganzen Fahrt, als hätte man sich höchstens ein verlängertes Wochenende lang nicht gesehen. Allem Anschein nach verstand Professor Lagarde auch nur das Nötigste, was aber Antonio entweder nicht zu bemerken oder aber nicht zu stören schien. Als man nach einer guten halben Stunde angekommen war, lag vor ihnen auf einer Anhöhe das Landgut in ein orangerotes warmes Abendlicht getaucht.

«Hören Sie, Klara», sagte Lagarde beim Aussteigen aus dem Wagen, «ab sofort gelten Urlaubsgesetze. Atmen Sie durch, genießen Sie und fühlen Sie sich zu nichts verpflichtet. Das Programm habe ich Ihnen gegeben, Sie sind zu allem eingeladen, aber Sie können völlig frei entscheiden. Ich bin Ihnen jetzt schon zu Dank verpflichtet! Bis zum Abendessen ist noch reichlich Zeit, zum Ankommen und Akklimatisieren.»

Antonio hatte bereits Klaras Koffer in der Hand und ging ihr durch die Eingangshalle in den ersten Stock voran, wo sich die Gästezimmer befanden. Als er ihr die

Türe öffnete, und sie eintrat, meinte er: «Sie haben das schönste Zimmer hier im Haus.»

Klara war sprachlos. Das war das Zimmer einer Fürstentochter, nicht das einer kleinen Journalistin aus Deutschland.

Antonio hatte den Koffer abgestellt, die Vorhänge vollends zurückgezogen und die beiden Fensterflügel geöffnet. Der Blick ging über den Park und reichte bis zum hügeligen Horizont. Klara schien immer noch nicht fähig, etwas zu sagen. Staunend trat sie ans Fenster, atmete tief durch: «Das ist ja unglaublich schön hier!», sagte sie leise. Antonio, der wieder gehen wollte, zögerte für einen Moment noch, als er unter der Tür stand.

«Darf ich Sie etwas fragen? Sie kommen zum ersten Mal. Sind Sie auch eine Philosophin?»

Klara stellte lachend eine Gegenfrage: «Sehe ich so aus?»

Antonio lachte verlegen mit, meinte dann vorsichtig: «Ich weiß nicht, vielleicht nicht so typisch, wie die anderen, die schon seit vielen Jahren kommen.»

«Und Sie, philosophieren Sie?»

«Ich? Um Gottes Willen! Ich will mir doch nicht den Kopf zerbrechen. Ich glaube, dann hätte ich andauernd Migräne.»

Klara musste wieder lachen. «Dann will ich Sie etwas fragen: Gelegentlich treffen Sie sich doch mit Freunden, stimmt's?»

«Claro!»

«Und dann trinken Sie Wein und palavern über Gott und die Welt und vielleicht auch über die Frauen, stimmt's?»

«Claro, einmal in der Woche. Mindestens!»

«Na bitteschön, ich wusste es doch: Sie sind auch ein Philosoph.»

Als Klara allein war, stand sie lange am Fenster, schaute hinaus auf die sanft geformte Hügellandschaft, die hinter dem Park begann und sich am Horizont verlor. Wein und Olivenbäume, so weit das Auge reichte, ein paar gelbe Felder, vereinzelt standen Zypressen. Dann erkundete sie ihr fürstliches Zimmer. Ein Zimmer, wie man es von Schlossführungen her kennt, dachte sie und schüttelte ungläubig den Kopf. Der Kontrast zu ihrem Pariser Mansardenzimmerchen könnte größer nicht sein. Ausgerechnet jetzt musste ihr der Freund aus Berlin einfallen, das Indoor-Penthousegewächs. Ob ihn das hier beeindrucken würde? Wohl schon. Oder auch nicht. Egal. Sie wischte den Gedanken weg, wollte sich keinen Augenblick ihres Aufenthalts hier in der Toskana vermiesen. Und sie staunte, wie leicht es ihr fiel.

20

Das Abendessen begann mit einem Aperitif auf der Terrasse, was gleichzeitig die allgemeine Begrüßungsrunde war. Die meisten kannten sich, umarmten sich, klopften sich auf die Schultern und verteilten gegenseitig Komplimente:

«Mein Lieber, Du hast dich ja überhaupt nicht verändert, verrate mir dein Geheimnis!»

Aller Augen waren auf Lagardes junge Begleiterin gerichtet, die einen machten ihm das Kompliment, andere wiederum wandten sich direkt an Klara, stellten neugierige Fragen zu Studium und Beruf und zu ihrer Affinität zum Tagungsthema.

Dann wurde man zu Tisch gebeten, hatte längst den Gesprächsfaden wieder geknüpft oder war dabei, einen neuen zu spinnen. Als der Berliner Kollege kundtat, er sei nach dem Stress der letzten Wochen reif für die Insel, widersprach der Spanier aus Granada vehement: «Ich bitte Sie! Wir befinden uns in einer Jahrhunderte alten Kulturlandschaft, und wollen uns in den nächsten Tagen über Gartenkultur unterhalten, was kommen Sie mir da mit der Insel?!»

Man hatte Platz genommen, schenkte ein, griff zum Brot, steckte sich eine erste Olive in den Mund, dann eine Scheibe Cacciatore hinterher und stritt vergnüglich über den Unterschied von Insel und Garten. So, als hätte man sich nichts anderes vorgenommen.

Jeder pfefferte seine Inselassoziationen auf den Tisch, sie fielen wie Trumpfkarten beim Pokerspiel. Und Klara registrierte mit Vergnügen, dass das Blatt aus lauter Herz Ass besteht. Ob Kolumbus womöglich auch reif für die Insel gewesen sei, wollte einer launig wissen, was den Berliner Kollegen veranlasste, über das Einsame-Insel-Syndrom zu philosophieren. «Ah!» meldete sich José Ramon Aroyo aus Granada wieder zu Wort, da lohne sich ein Blick auf Makaronesien, die Insel der Glückseligen. «Moment», meinte Konstantinos Oikonomos, der liebenswürdige Kollege aus Athen, «Sie meinen sicherlich Chios». Jetzt fuhr der Berliner schweres Geschütz auf, argumentierte mit Nietzsche und war sich sicher, es könne nur die Kokosinsel Polgasduwa in Südceylon gemeint sein.

Als keiner unmittelbar darauf einging, nutzte Stefano Basile, der Kollege aus Sizilien den kurzen Augenblick, um Werbung in eigener Sache zu machen: Nur *eine* Insel komme aus seiner Sicht ernsthaft in Betracht, das sei die Insel Kythera. Und genau darüber werde er ja im Rahmen seines Vortrags über ‹Francesco Colonnas Beschreibung von Cythera in der Hypnerotomachia Pamphili› morgen dann noch ein paar Worte sagen.

Schließlich versuchte es der Grieche mit einem weiteren Trumpf, spielte die Karte der Insel der Hesperiden.

Mit diesen Damen aber wollte sich anscheinend keiner abgeben, vielmehr versuchte man nun etwas ernsthafter, den Symbolcharakter der Insel schlechthin zu definieren. Sie habe oft mit Verbannung und Rettung zu tun, nehme sich der Gestrandeten an, ein Ort für den Grafen von Monte Christo wie auch ein Ort für Verliebte. Die Insel sei, so betonte Claude-Henri Lagarde, das Abgetrennte, das von Meereswellen umspülte Eiland, Ort ozeanischer Gefühle. Der ganz andere Ort also, einer für Utopien, für Traumwelten, aber auch ein Ort der real existierenden Gegenwelt, somit dem Garten durchaus vergleichbar.

«Wie Sie wissen hat unser französischer Kollege Foucault den Begriff der Heterotopien ins Spiel gebracht, als real existierende Gegenräume, zu denen er als ältestes Beispiel den Garten zählt.»

Professor Lagarde hatte das Wort ergriffen, und schnell spürte Klara, welche Autorität er in dieser exklusiven Denkerrunde besaß. Keiner fiel ihm ins Wort, man ließ ihn ausreden, man ließ ihm Zeit, seine Gedanken philosophierend zu entwickeln, Zeit zum Zitieren ganzer Passagen aus philosophischen Werken.

«Man muss Foucault Recht geben, wenn er behauptet, dass der Garten, ‹diese erstaunliche Schöpfung von Jahrtausenden, im Orient sehr tiefe und gleichsam übereinander gelagerte Bedeutungen hatte. Der traditionelle Garten der Perser war ein geheiligter Raum, der in seinem Rechteck für die vier Teile der Welt stand, wobei sich in der Mitte ein Raum befand, der noch heiliger war, gleichsam der Nabel der Welt, dort befand sich das Becken mit dem Wasserspeier. Und die ganze Vegetation des Gartens verteilte sich auf diesen Mikrokosmos. Und die Teppiche waren ursprünglich Nachbildungen von Gärten: Der Garten ist ein Teppich, auf dem die ganze Welt in symbolischer Vollkommenheit erscheint, und der Teppich ist so etwas wie ein im Raum mobiler Garten. Der Garten ist die kleinste Parzelle der Welt und zugleich ist er die ganze Welt. Seit der frühesten Antike eine geglückte und universalisierende Heterotopie›, also ein ‹Widerlager› mitten in der Welt, so lehrt uns Foucault.»

«Dann könnte man ja einen realen Teppich mit Fug und Recht als einen ‹Winter-Garten› betrachten», warf einer der Teilnehmer ein.

«Vollkommen richtig», fuhr Lagarde fort. «Im *Musée des Gobelins* in Paris stehen auf der Borte eines Perserteppichs aus dem 16. Jahrhundert die Verse: ‹Immerfort herrscht lieblicher Frühling in diesem Garten, und weder vom Herbst kommt ihm Schaden, noch Unbill vom Winter›.»

José Ramon Aroyo aus Granada bekräftigte ergänzend: «Orientteppiche waren ursprünglich eben immer Abbildungen von Gärten. Die Webmuster sind aufschlussreich: schöne Pflanzen, Bäume auch und zahlreiche Tiere sind in diesen Teppichgarten ornamental hineingewoben. Dazu Kanäle, Teiche, Wege, Beete, gleichsam aus der Vogelperspektive.»

«Mithin alles andere als Bettvorleger», stellte Stefano Basile fest, «sondern meines Wissens oft über zehn Meter lang. Man konnte also tatsächlich auf ihnen spazieren gehen wie in einem Garten oder sich auf ihnen niederlassen, eben wie in einem realen Garten, der ein geschützter Raum ist, ein Ort des Wohlgefühls und der Geborgenheit.»

«Eben ein ‹wirksamer› Ort», sagte Lagarde.

«Also ganz und gar ein Ort wie auch dieser Garten hier, in dem wir die Ehre haben, uns seit vielen Jahren zu versammeln.» José Ramon Aroyo aus Granada hatte sein Glas erhoben.

«Trinken wir auf diesen *locus amoenus*, auf diesen lieblichen Ort und trinken wir auf unsere italienischen Gastgeber, die uns auch in diesem Jahr wieder ihre Gastfreundschaft schenken.»

21

Klara hatte sich vorgenommen, nicht als Philosophin, die sie ja auch gar nicht war, an den beiden folgenden Tagen teilzunehmen, sondern als Journalistin, die sich Notizen macht, um daraus einen gescheiten Artikel zu formulieren.

Gleich nach dem Frühstück gab es die ersten Vorträge und Referate, gefolgt von Diskussionsrunden über das Gehörte.

Immer, so erfuhr sie gleich im ersten Referat, immer schon begegnen wir einem Gott oder den Göttern im Garten. Francis Bacon schrieb 1620: «Gott der Allmächtige pflanzte zuerst einen Garten, und in der Tat ist dies die reinste aller menschlichen Freuden: es ist die größte Erfrischung für unseren Geist, ohne welchen alle Gebäude und Paläste nur rohe Machwerke sind.» Die Geschichte vom Paradiesgarten. Von dem erzählt wird, seit die Welt besteht. Und vielleicht handelt es sich um die bekannteste Geschichte überhaupt. Darin der Schöpfergott, der sich als der erste Gärtner präsentiert. Und da er den Menschen als sein Ebenbild geschaffen habe, sei dieser eben auch zum Gärtner geboren, der hegen und pflegen soll, der in die Natur lenkend und moderierend eingreifen und für ein Gleichgewicht sorgen soll. Der Gärtner als der Urberuf schlechthin. Ein künstlerischer Beruf, voller Poesie. Was dem Dichter die Wörter, sind dem Gärtner die Pflanzen. Mit ihnen gestaltet, formt und imaginiert er. Mit ihnen spiegelt er Geschichte, dokumentiert er den Wandel und ermöglicht so neue Horizonte, die das Verlangen nach dem Gleichgewicht – und damit dem Frieden – wach halten, metaphorisch und ganz real.

Ob Elysium oder Garten Eden – Paradiesgärten kennen alle Religionen, und auch in der griechischen Mythologie hängen im Garten der Hesperiden verbotene Früchte, goldene Äpfel, die Herakles mit Gewalt und List zu pflücken versucht hatte. Und ewig also lockt in unseren Mythen, was verboten ist: Paradiesesfrüchte, die nie begriffen wurden als das, was sie eigentlich hätten sein sollen: ein Geschenk. Das des Begehrens, das der Erotik.

Dann wurde ein weiter Bogen gespannt von Homers Elysium über des Phoibos alten Garten bis hin zu den Inseln der Seligen und jenem paradiesisch-unschuldigen Arkadien, in das der römische Dichter Vergil edel gesinnte und musisch empfindsame Schäfer und Schäferinnen hineingedichtet hat. Utopische Räume, Symbole einer erinnerten und erhofften Glückseligkeit. In ihrer trivialsten Ausgestaltung seien sie heute noch allgegenwärtig in den Urlaubs-‹Paradiesen› der Tourismusindustrie.

Dass es sich bei diesen Verlockungen um falsche

Paradiese handle, ahne ja jeder, doch könne er, so betonte der Kollege aus England, dank Chesterton auch den Beweis dafür liefern, der einmal gesagt hat: «Man muss in seinem Garten einen verbotenen Baum haben. Man muss in seinem Leben etwas haben, das man nicht berühren darf. Das ist das Geheimnis, wie man auf immer jung und glücklich bleibt.»

22

Was die Entwicklung der englischen Gärten betrifft, so war für Klara wenig Neues vom englischen Philosophen zu erfahren. Vielleicht weil sie unlängst selbst schon solche besucht und mehrfach auch über englische Gartenlandschaften berichtet hatte. Völlig neu dagegen war ihr das, was der Chinese, der zum ersten Mal eingeladen war, über chinesische Gärten referierte. Seine These: der Japanische Garten sei ursprünglich chinesischer Herkunft. Ein Architektengarten, konstruiert, nicht gepflanzt, mit künstlichen Erhebungen, wo keine natürlichen vorhanden seien und obligatorisch mit Wasserbecken: «Wenn Sie an Depressionen leiden, dann graben Sie einen Teich. Sie haben so bei geringen Kosten größtmöglichen Nutzeffekt!»

Und natürlich erwähnte er das Feng Shui, sprach vom Haus als dem Ort des Konfuzianismus im Gegensatz zum Garten als dem Ort des Taoismus, der das *Wu wei* fordere, also das Nicht-Handeln, nicht im Sinne des Nichtstuns, sondern des nicht gegen die Natur Handelns, in Harmonie mit dem Universum. Und, wer hätte es gedacht, auch das chinesische Paradies steckt im Garten: Auf den Penglai-Inseln leben die Unsterblichen in Gebäuden aus Jade und essen

Früchte, die nicht verboten sind, sondern unsterblich machen.

«Aber abgesehen von der Unsterblichkeit rät uns ein chinesisches Sprichwort: ‹Willst du ein Leben lang glücklich sein, dann werde Gärtner.›»

Beim gemeinsamen Essen dann ein Potpourri wild durcheinander gewirbelter Meinungen und Ideen. Noch hatte man den Blick nach Asien gelenkt, sammelte, was man von der alten fernöstlichen Bonsaikunst wusste oder von der hohen Kunst des Rechens im meditativen japanischen Garten. Dann wurde beim anschließenden Spazierengehen durch den Park die Frage diskutiert, ob Gärtner ähnlich ihren Bäumen fest im Garten verwurzelt seien oder auch auf Reisen gingen. Der Berliner Kollege zitierte Goethe, der als großer Gartenliebhaber nicht nur eine Reise nach Italien unternommen hätte, sondern immer auch Gärten und Parkanlagen besucht habe. So etwa den Botanischen Garten in Padua, größere und kleinere Gärten in Schaffhausen oder den Wörlitzer Park.

«Und doch», so mischte sich Klara ein, «lebten in Goethe durchaus zwei Seelen in einer Brust, wie die oft zitierten Zeilen von ihm nahe legen:

> *‹Was hat ein Gärtner zu reisen?*
> *Ehre bringt's ihm und Glück,*
> *wenn er sein Gärtchen besorgt›.*»

«Das ist durchaus richtig», erklärte der Berliner, diese Haltung lasse sich wie ein roter Faden durch die deutsche Gartenphilosophie verfolgen.

«Ich habe die Lust zu reisen gegen einen Rosenstrauch eingetauscht.», habe ein deutscher Romantiker behauptet und der große deutsche Humorist Wilhelm Busch habe in einem Brief ganz unsatirisch seiner Gartenlust Ausdruck verliehen:

«Ich war immer daheim, grub, krautete, stocherte, handhabte die Gießkanne, besah alles, was wuchs, tagtäglich genau und bin daher mit jeder Rose, mit jedem Kohlkopf, mit jeder Gurke intim bekannt. Eine etwas beschränkte Welt, so scheint's. Und doch, wenn man's recht erwägt, ist all das Zeugs, von dem jedes unendlich und unergründlich ist, nicht weniger bemerkenswert als Alpen und Meer, als Japan und China.»

23

Vom fernen Osten wechselte man bald in den historischen nahen Osten, dessen gelungenste Gartenausgestaltung allerdings im Westen liege, im spanischen Andalusien. Die Alhambra in Granada mit der außergewöhnlichsten und sicher prächtigsten arabischen Gartenanlage maurischer Kultur. In ihr liegen Innenhöfe, Gartenräume, die im Gegensatz zum Repräsentationsraum der barocken Gartenanlagen nicht den großen Festen dienten, sondern dem Rückzug. Allerdings, so betonte José Ramon Aroyo, handele es sich keineswegs um einen Rückzug ins klösterlich-meditative Leben, sondern um die Hinwendung zu sinnenfreudigem Genuss. Begegnung der Liebenden, Meditation, Spiritualität und Ekstase. Der Garten als mystisches Symbol für das Absolute. Dabei bilde der maurische Patio eine Synthese aus Innenraum und Außenraum, für die Vegetation offen zum Himmel, als Interieur architektonisch gestaltet, mit gekachelten Wegen, mit Stufen und Gattern, mit taillierten Hecken und Wasserbecken zur Spiegelung der Gebäudefassaden.

«Hier erfahren wir symbolisch die Duplizität alles Seienden. Und die Wasserspiele, die plätschernden Springbrunnen, Kaskaden und immerfort murmelnden

Bachläufe komponieren einen musikalischen Klangteppich, der sich dem gründominanten Farbenspiel aus Palmen, Eukalyptus, Oleander und Zypressen unterlegt. Dezent mischt sich das Parfum der Orangenblüte und des Jasmin ein. Die Beleuchtung ist keineswegs dem Zufall überlassen. Das Licht schickt nicht nur der Himmel, sondern wird vielfältig reflektiert und gebrochen im Ziegel der Mauern, in den gekachelten Wänden und im Spiegel der lang gezogenen Wasserbecken. Hier wird der Garten zum fast perfekten Abbild des Paradieses, so, wie der Koran es beschreibt: ‹Ein Blumengarten, durch den die Bäche fließen.›»

Der granadinische Philosoph vertrat die These, dass der Garten in seiner einerseits natürlichen, andererseits gestalteten, in seiner poetischen wie sinnlichen Gestaltung die Inkarnation der Existenz schlechthin darstelle.

Auch er verstehe wie Claude-Henri Lagarde den Garten als den ganz anderen Raum, mysteriös und erhellend, einladend und diskret, nicht als den utopischen, stets ersehnten und nie erreichten Raum, sondern als den realisierbaren, real bewohnbaren Raum. Als die real existierende Gegenwelt, ein Freiraum und Widerlager, die Matrix einer Welt, die zu verwirklichen wünschenswert wäre. Eben als Ort eines lebenserfüllten Daseins.

So angesprochen, konnte Professor Lagarde, der eh an der Reihe war, gleich überleiten und das Thema des *hortus conclusus*, des eingezäunten, umfriedeten oder des von einer Mauer umgebenen Gartens, aufgreifen. Er spannte einen weiten Bogen von der Kunstgeschichte zur Literatur, wo die Jungfrau Maria im Rückgriff auf das Hohelied des Salomo als fruchtbarer, aber verschlossener Garten gedeutet wurde, oder aber wo in diesen biblischen Liedern ganz weltlich gedeutet die Liebenden geschützt vor neugierigen Blicken sich treffen können. Lagarde erinnerte an die biblische Erzählung von Susanna im Garten ihres Mannes und erwähnte die leidenschaftliche Liebe bei Balzac, die Liebe also, die nicht auf Dauer zu haben sei, die sich aber bei dem großen Romancier des 19. Jahrhunderts immer wieder hinter den verschlossenen Mauern eines Garten verberge. Lagarde wird bei dieser Gelegenheit fast zu einem orientalischen Erzähler, dachte Klara, wie er von der schönen Susanna und ihren lüsternen Eindringlingen erzählt oder von der reichen, sicher nicht weniger schön imaginierten Frau, die in Balzacs Roman *Memoiren zweier Jungvermählter* sich und ihrem jungen Dichter einen von hohen Mauern umgebenen Garten mitsamt einem Haus bauen lässt, um so, abgeschirmt von der Welt, ihrer Liebespassion zu leben. Ein andermal ist es die Liebe der *Verlassenen Frau,* die mit einem jungen Pariser eine leidenschaftliche Liebe im ganz umschlossenen, großzügigen Garten ihres normannischen Landguts lebt. Hier wird aus dem *hortus conclusus* der *giardino segreto*, mit Laube, Pavillon und Pergola, wie ihn sich bereits in der Renaissance Isabella d'Este hatte anlegen lassen.

Und natürlich zitierte Lagarde ausführlich Boccaccios *Decamerone* sowie Verse aus dem *Roman de la Rose*, in dem der *hortus amoenus*, der liebliche Garten, als Schauplatz höfischer Liebesszenen geschildert wird.

Schließlich landete Lagarde im Werk der Schriftstellerin Georges Sand und ihrer widersprüchlichen Definition von Gärten, die sie in einer Reiseerzählung erwähnt: «*Sans clôture ni culture*», offen zugänglich also und ohne, dass sich jemand um ihn kümmert.

«Wie? Ganz ohne Zaun?»

«Warum nicht. Ein Sprichwort sagt: ‹Mit guten Nachbarn hebt man den Zaun auf.›»

«Na da wäre ich aber skeptisch», meinte der Kollege aus Berlin. Da halt ich es lieber mit einem zweiten Sprichwort: ‹Liebe deinen Nachbarn, reiß den Zaun aber nicht ein.›»

«Nun, da dieses Sprichwort auch im Französischen existiert», meinte Lagarde, «möchte ich mich doch dieser Haltung anschließen: ‹*Aime ton voisin, mais ne supprime pas ta clôture.*›»

24

Nachdem man sich eine einstündige Pause gegönnt hatte, in der die meisten zu zweit, zu dritt oder auch alleine durch die Parkanlage des Anwesens spaziert waren, stellte Professor Böhme, der Kollege aus Berlin, den Stadtgarten vor. Nicht etwa vor oder hinter dem Haus, sondern als «hängender» Garten, als Balkon-, Terrassen- oder Dachgarten. Er erinnerte an die hängenden Gärten der Semiramis in Babylon, erwähnte weitere Gestaltungen in dieser Tradition, wie im indischen Mumbai oder in Haifa die Hängenden Gärten der Bahai, die mit ihren großzügig und vornehm gestalteten Terrassen einen Ort der Ruhe darstellten, und kam so zu einer erstaunlichen Neuausprägung dieses Gartentyps. Obwohl bereits in den 30er Jahren des letzten Jahrhunderts die ersten Exemplare in Paris entstanden waren, so seien es doch erst die Künstler und Intellektuellen in New York gewesen, die sich auf den Dächern und Balkonen Manhattans Gärten angelegt hätten. Seit den 80er Jahren aber spross das Grün fast flächendeckend aus allen Balkonen der Großstädte. Auch hier waren es die Künstler und die wohlhabenden Kreise zuerst, die sich solche grünen Inseln geschaffen hätten. Inzwischen aber erkenne man aus der Vogelperspektive schnell, dass solche Grünanlagen «demokratisiert» seien. Man habe also die Idee des *hortus conclusus* oder des mittelalterlichen *giardino segreto* aufs Neue aufgegriffen, in Form eines privaten Raums, eines Rückzugsortes. Aber auch eines Ortes für Geselligkeit. Man lade auf die Dachterrasse oder eben nach ‹Balkonien› ein. Auf einem Minimum an Raum gedeihe ein Maximum an Grün, mal tropisch, mal subtropisch, mal Kletterpflanzen an der Pergola, mal Kräutergärtchen.

Schnell war man nach Böhmes Ausführungen bei der Gestaltung des urbanen Raums, bei der Begrünung unserer Städte, aber auch bei der landläufig als Schwiegermutterzunge bezeichneten Sansevierie auf dem Fensterbrett. Die Idylle der Arbeitergärten, die Grillparty zwischen Venuskopien, Gnomen, Elfen, Wichteln, Zwergen und finsteren Mauerhockern, und auch die Wiederkehr der Hollywoodschaukel wurden diskutiert und philosophisch hinterfragt, bis man bei reichlich Rotwein dann noch versuchte, die Persönlichkeitsstruktur von Gartenzwergbesitzern zu durchleuchten. Immerhin, so konzedierte man diesen, seien sie doch meist recht gesellige Nachbarn, ganz wie ihre Zwerge, von denen das Sprichwort weiß: «Ein Zwerg kommt selten allein.»

25

Neugierig war man auf die Ausführungen des Schweizer Kollegen Beat Widmer über den synthetischen Park. Er ließ die künstlichen Vergnügungswelten der letzten 150 Jahre Revue passieren, verwies darauf, dass es bereits im 19. Jahrhundert Inszenierungen mit schweizerischen Bergdörfern und romantischen Einsiedeleien gab, inzwischen ergänzt durch Vogelgezwitscher aus dem Lautsprecher. Was erschrecke, sei das Ausmaß der Entwicklung. Inzwischen gebe es synthetische Tropenstrände, künstliche Vulkanausbrüche und Eisrevuen für Senioren. Der Park als die große weite Welt, überschaubar und aus der Retorte: ein Spaziergang durch den arabischen Basar, ein Besuch bei den Dinosauriern oder ein Ausflug in das miniaturisierte Mittelalter. Unter künstlichen Palmen servierten Kellner Sangria in spanischer Tracht. «Was geboten wird, ist Tand.» Aber es gehe ihm nun beileibe nicht um eine misanthropische Abrechnung, sondern um die Frage, ob damit das prophezeite Ende der Reisekultur gekommen sei, ob wir uns immer mehr in künstliche Welten begeben, in Parallelwelten, in computersimulierte antiseptische Kunstwelten, in virtuelle Scheinwelten also, in denen die Wirklichkeit zur Inszenierung wird, zum schönen Schein.

Beat Widmer zitierte zur Untermauerung seiner Thesen den französischen Philosophen Claude Lévi-Strauss ebenso wie Platon mit seinem bekannten Höhlengleichnis. Dass diese Entwicklung erst am Anfang stehe, belegte er mit einer Reihe geplanter oder bereits im Bau befindlicher Anlagen von zum Teil gigantischen Ausmaßen. Doch entstehen auch kleine oder mittelgroße Vergnügungsparks, oft bedauerlicherweise mitten in einer gewachsenen Kulturlandschaft. Dafür nannte Widmer ein konkretes Beispiel aus Frankreich, wo im Departement Ardèche in der Nähe von Alès am Rande einer kleinen Ortschaft ein altes Anwesen von einer holländischen Investorengruppe aufgekauft und zu einem Freizeitzentrum mit einem Mega-Angebot an Computersimulationen umgestaltet werden soll. Bizarre Parallelwelten sollen Tagestouristen zu Tausenden anlocken. Wer fiktive Motocross-Rennen fahren oder ebenso fiktive Weltraumflüge erleben wolle, der sei dort demnächst willkommen. Ein Besuch in dieser Art von Anlagen werde im Fachjargon als *Happytainment* beschrieben und die Verköstigung dort als *Eatertainment* bezeichnet. Im Angebot: ein Mystery-Power-Weißbrot-Weck mit Mayo und Pommes. Noch wehre sich ein Teil der Bevölkerung gegen das Projekt, doch seien die Erben des Anwesens zum Verkauf entschlossen. Beat Widmer öffnete eine Mappe mit großformatigen Aufnahmen.

«Ich selbst war mehr oder weniger durch Zufall vor

einiger Zeit dort, nachdem ich von dem geplanten Verkauf erfahren hatte. Es handelt sich um ein ehemaliges *Prieuré*. In Frankreich gab es nicht wenige solcher Einrichtungen, zumindest bis zur Revolution 1789. Sie waren in der Regel einer Abtei unterstellt und wurden von einem Prior geleitet. Das Priorat liegt, wie ich schon sagte, im südfranzösischen Departement Ardèche und hat eine ziemlich einmalig schöne Parkanlage. Hier!» Professor Widmer nahm die Aufnahmen aus der Mappe und reichte sie weiter.

«Ich habe Ihnen diese Fotografien mitgebracht, damit Sie sich selbst ein Bild von der Schönheit dieser Parkanlage machen können. Im Grunde handelt es sich, wenn Sie mich fragen, um die Zerstörung von Kulturerbe. Wenn sie wenigstens ein Hotel oder so etwas planen würden, was in der Vergangenheit immer wieder mit solchen *Prieurés* ja auch passiert ist. Aber nein, ein Cybervergnügungspark soll es werden. Sie werden mir vorwerfen, ich male den Teufel an die Wand, doch ist für mich das Gegenteil der Fall: Ich kann eine solche Entwicklung nur als eine sehr unfranzösische Disneylandisierung bezeichnen.»

Als man Klara das erste Foto reichte, starrte sie völlig verwirrt darauf. Als sie das nächste in den Händen hielt, war sie fassungslos. Total geschockt nahm sie ein Bild ums andere und vergaß dabei, sie weiterzureichen.

«Das gibt's doch nicht!», flüsterte sie, «das kann doch gar nicht sein!»

Immer wieder sah sie sich die Bilder an, längst waren alle in der Runde auf sie aufmerksam geworden. Immer noch völlig konsterniert schaute sie auf und sagte tonlos: «*Le paradis*!» Und fügte empört hinzu: «Sie verhökern das Paradies.»

«Da haben Sie völlig Recht, junge Frau», meinte Professor Widmer, «es handelt sich wirklich um ein kleines Paradies.»

«Aber, es *ist* das Paradies, ich weiß es!»

«Nanu, das klingt ja fast so, als wären Sie schon dort gewesen, oder?»

«Ja genau, ich bin dort gewesen, genau dort, und nicht nur einmal.»

Jetzt war das Erstaunen auf Seiten Widmers und der übrigen Anwesenden.

«Wie? Sie kennen dieses *Prieuré*? Erzählen Sie mir nichts!»

«Aber ich erzähle Ihnen nichts! Es ist so. Die schönsten Ferien meines Lebens habe ich in diesem Park verbracht. Der Gärtner hieß Marcel.»

«Wie? Sie kennen Marcel?»

«Demnach ist er also immer noch der Gärtner.»

«Richtig, und das schon sein Leben lang. Von ihm habe ich ja die ganze Geschichte. Ich bin hingefahren, nachdem ich eine Notiz im *Midi Libre* gelesen hatte. Später war ich auch noch auf dem Rathaus und habe mit dem Bürgermeister gesprochen, der die Entwicklung wohl bedauert, im Moment aber keinen Ausweg sieht.»

Klara wirkte elektrisiert. Und stand plötzlich im Mittelpunkt.

«Das darf ja alles gar nicht wahr sein», sagte sie. «Dieses wunderschöne Anwesen heißt bei den Leuten in der Gemeinde schließlich nicht umsonst *le paradis*.»

Mit einer solchen Geschichte hatte natürlich niemand gerechnet. Und da es schon spät war, beschloss man, bis zum Abendessen eine Pause einzulegen, um nach dem Essen dann weiter zu diskutieren.

Klara brauchte erst mal frische Luft. Claude-Henri Lagarde und Beat Widmer nahmen sie in ihre Mitte und spazierten mit ihr die Allee entlang. Nachdem sie sich wieder gefangen hatte, erzählte sie, wie sie als Zwölfjährige zum ersten Mal in dieses *Prieuré* gekommen war und dort zusammen mit noch ein paar Kindern ihre Sommerferien verbracht hatte. Die Eltern kannten sich, es bestanden seit langem Geschäftsbeziehungen, Einzelheiten kenne sie nicht, als Kind habe sie sich erst recht nicht darum gekümmert. Auch in den beiden darauf folgenden Jahren sei sie wieder dort gewesen.

Eine Zeitlang waren sie schweigend nebeneinander her gegangen, bis sie plötzlich am Rand des Teichbeckens standen, in dem sofort ein kleiner Schwarm Goldfische neugierig herangeschwommen kam. Von links und von rechts schickten die Fontänen ihren Wasserstrahl in die Mitte des Beckens. Alle drei blieben nachdenklich stehen und betrachteten die geselligen Fische.

Dann meinte Claude-Henri Lagarde: «Vielleicht sollte ich morgen einen alten Freund anrufen, der im Ministerium arbeitet. Er hat mit den Conseils régionaux zu tun. Unter Umständen kann er etwas in Erfahrung bringen.»

Es fiel Klara mehr als schwer, sich noch auf die anderen Referate und Statements zu konzentrieren. Sie konnte, wollte einfach nicht glauben, dass dieses traumhaft schöne Anwesen zerstört werden sollte. Und je mehr sie darüber nachdachte, desto wütender wurde sie. Sie hatte den Eindruck, als würde man ihr persönlich etwas wegnehmen. Alles Mögliche ging ihr durch den Kopf. So auch, dass sie versuchen müsste, darüber eine Reportage zu schreiben. Oder ihrer Radioredaktion ein Kurzfeature anzubieten. Auf alle Fälle müsste sie noch einmal hinfahren, Marcel treffen, noch einmal durch diesen Park spazieren.

Mit Claude-Henri Lagarde hatte sie sich auf der Rückfahrt nach Paris ausführlich unterhalten. Das Für und Wider abgewogen, um dann zu einem klaren Entschluss zu finden.

«Verstehen Sie mich nicht falsch: Als Wissenschaftler würde ich eher sagen: Es macht keinen Sinn. Für einen Journalisten aber versteht es sich wohl von selbst, der Sache nachzugehen. Also fahren Sie.»

26

«Es sind jetzt ziemlich genau zwanzig Jahre her!»

Marcel und Klara setzten sich an den klebrigen Bistrotisch im *Café des Sports*, das da vor zwanzig Jahren auch schon existierte, mit dem gleichen Mobiliar und derselben, inzwischen deutlich üppigeren Madame hinter dem Tresen, die dort wie angewachsen saß und lästig herüberschaute, und deren impertinenter Blick sagen wollte: «Na hör mal, Marcel, was für eine Person hast du dir denn da aufgegabelt, von der ich nichts weiß?!»

«Danke für die kleine Führung durch den Park», sagte Klara. «Am liebsten würde ich mich darin einnisten. Er ist ja noch viel schöner, als ich ihn in Erinnerung hatte.»

Marcel lächelte. Er war älter geworden und war doch der Alte, dachte sie, als der Kellner mit den Getränken kam.

«Saperlipopette!» sagte Marcel langsam, wobei sein Blick respektvoll auf Klara gerichtet war, «aus Kindern werden Leute.»

Klara strahlte, lachte. «Saperlipopette, dein Lieblingswort. Mein Gott! Ist das schon lange her! Ich hab es bis heute nicht vergessen. Gelegentlich, wenn es mir einfällt, dann verwende ich es auch zuhause, in Deutschland, dann schauen die Leute verdutzt und fragen, woher ich das hätte.»

«Um ehrlich zu sein, ich glaube nicht, dass ich Sie wiedererkannt hätte», sagte Marcel.

«So ohne den Zopf. Kann ich mir gut denken. Aber hatten wir uns nicht geduzt, damals?», fragte Klara und lachte. «Tonton Marcel haben wir dich gerufen. Aber du warst ja viel mehr als nur ein Onkel für uns.»

«Eh oui, damals! Das ist schon eine ganze Weile her.»

«Und manchmal denk ich, es war erst gestern. Sommerferien im Priorat, zusammen mit den anderen Kindern, wir hatten im zweiten Stock unser Zimmer, die beiden anderen Mädchen hießen Sonja und Nadine. Einen Stock höher wohnten die Jungs, die allesamt schon etwas älter waren. Und uns zumindest in den ersten Feriensommern ziemlich kalt ließen.»

Klara nahm lächelnd die Tasse hoch und schaute auf Marcel, der ihr Lächeln erwiderte. Er ist noch immer der Komplize von damals, dachte sie. Mit den Jungen hatte er aus Brettern ein Baumhaus in einer alten Platane eingerichtet, für die Mädchen eine Hängematte zwischen zwei Bäume gespannt und eine große Korbschaukel an einen dicken Ast gehängt, in die man sich wunderbar zum Lesen verkriechen konnte. Hinter dem Gärtnerhaus versteckt stand ein Pferch für den Hühner- und Kaninchenstall, jedes Karnickel hatte seinen Namen:

Hercule, Carotte, Strapovitzkinov, Moutarde, Eustache. Nie mussten sie die Zeit totschlagen, immer gab es irgendwas zu tun. Gelegentlich nahm Marcel die Jungen auch zum Angeln mit. Dann kamen sie mit Bachforellen zurück, die es, von der Küchenfee Josefine als *Clafoutis à la provencale* zubereitet, zum Abendessen gab.

Klara nahm einen Schluck, stellte die Tasse wieder hin.

«Gibt es immer noch den versteckten Eingang in den Park?»

«Den gibt es noch. Aber du erinnerst dich wirklich noch an solche Details?» wunderte sich Marcel.

«Natürlich! Als wär's gestern gewesen. Vor allem an meinen letzten Sommer hier im *Prieuré*, da war alles ein wenig anders. Vor allem waren wir inzwischen ja auch etwas älter, und ich hatte mich Hals über Kopf in einen der Jungs verliebt. Ich weiß noch genau, wie ...»

Sie zögerte, überlegte, ob sie weiterreden sollte beziehungsweise was sie preisgeben wollte. Wie ein Sommerwirbelwind stürmten plötzlich die Erinnerungen auf sie ein. Der erste Kuss – der berühmte erste Kuss! – hinter dem kleinen Pavillon im Garten des *Prieuré*, wie sie spürte, dass sie errötet, als dieser Junge ihre Hand ergriff, wie es ihr plötzlich heiß wurde, wie sie die Augen niederschlug und somit völlig übersah, dass es ihm nicht anders erging und er nicht weniger verlegen, nicht weniger schüchtern ihr gegenüber reagiert hatte. Wie sie reflexartig seine Hand festhielt, als diese sich verstohlen aus den Allerweltsgebieten in die Gefahrenzone vorwagte, und wie sie dieser dann halbherzig Widerstand leistete, so halbherzig, dass diese Hand es beim besten Willen nur als Aufforderung verstehen konnte, sich unter keinen Umständen in ihrem Tun beirren zu lassen; und wie ihr diese verboten schöne Entdeckungsreise fast den Atem raubte und sie ihr Herzklopfen spürte.

Klara überlegte, ob sie seither je wieder einmal so verliebt gewesen war.

Mit einem Räuspern holte sie sich zurück ins Hier und Jetzt dieses Cafés und dieser Begegnung mit dem alten Marcel.

«Komisch eigentlich», meinte sie, «dass dann der Kontakt zu den anderen Familien so völlig abgebrochen ist.»

«Wirklich? Ich dachte, die Familien aus Deutschland wären miteinander befreundet gewesen.» Marcel schaute etwas ungläubig.

«Nein, seltsamerweise nicht, nicht dass ich wüsste.» Klara schien plötzlich selber erstaunt über diesen Tatbestand. «Und du?»

«Ich?» Marcel lächelte erstaunt. «Wieso ich? Ich bin der Gärtner. Ich denke, dass die Herrschaft wohl schon noch die eine oder andere Beziehung gepflegt hat.»

Klara beobachtete, wie Marcels Blick in die Erinnerungen tauchte.

«Ja, durchaus, zumindest für einige Zeit hat zu einer

der Familien noch Kontakt bestanden, eine Familie, an die ich mich auch noch gut erinnern kann.»

Marcel stockte, machte eine betrübte Miene.

«Würde gerne wissen, was aus ihr geworden ist. Ich weiß, dass meine Herrschaft engen Kontakt hatte, zumindest früher war das so, aber so genau weiß ich eben doch nicht Bescheid, geht mich schließlich auch nichts an. Aber in der Not denkt man an allem herum.»

«Und von dieser Familie kamen dann auch Kinder in den großen Ferien?», wollte Klara wissen.

«Sie hatten einen Jungen. Ein netter Kerl, er war, wenn ich recht weiß, in den selben Jahren hier wie du, er war aber ein paar Jahre älter, vielleicht hast du ihn erst im letzten Jahr wirklich wahrgenommen …?»

«Wer weiß? Vielleicht war es ja der, in den ich mich verliebt hatte?»

Klara lachte, und fügte hinzu: «Und an ihn kann ich mich noch sehr gut erinnern, er war meine erste große Liebe. Ich weiß noch, wie er von seiner Tante gebracht und dann wieder abgeholt wurde. Sein Vater muss wohl kurz zuvor gestorben sein. Darüber wurde hinter dem Rücken von uns Kindern getuschelt, und die Tante wiederum muss ziemlich reich gewesen sein.»

«Dann meinen wir denselben, seine Tante hieß Irma. Irma Wohleben», unterbrach Marcel Klaras Suche in der Erinnerung. Und du hast Recht. Sie hatte ihren Neffen hier hergebracht und sich auch sonst um ihn gekümmert, selber hatte sie keine Kinder.»

Über Tonton Marcels Gesicht huschte ein Lächeln.

«*Eh oui.* Diese Irma! Ich kenne sie schon seit meiner Kindheit, ist etwa so alt wie ich.»

«Wie, du hast diese Tante schon als Kind gekannt?»

«Sie war vielleicht zehn, als sie ins Priorat gebracht wurde, besser gesagt: ins Gärtnerhaus. Eben da, wo ich jetzt immer noch wohne.»

Klara schaute ungläubig. Und gleichzeitig spürte sie, wie ihre journalistische Neugierde geweckt wurde.

«Was ist das für eine Geschichte?»

Marcel stockte, reagierte ausweichend, meinte lediglich: «Eine andere.»

Er wirkte auf einmal grüblerisch. Klara wagte nicht, nachzufragen, Dann, nach einer Weile sagte er:

«Eine Ewigkeit hab ich nichts von ihr gehört, dann, plötzlich, letzte Woche, war sie am Telefon.»

«Ach! Diese Tante? Und, was wollte sie?»

«Wenn ich das wüsste. Ich kann es dir nicht sagen. Es war seltsam, vielleicht lag es ja auch an mir, ich kam gerade vom Rathaus, wo der Gemeinderat den Verkauf des Priorats verhandelt hatte, und ich dabei erfahren habe, dass diesem Verkauf nichts mehr im Weg stünde und man das konkrete Angebot jetzt prüfen werde. Ich war nicht gerade in Feiertagsstimmung, wie du dir denken kannst. Und da rief sie an. Ich war wohl etwas einsilbig, und vielleicht auch nicht ganz bei der Sache, ich hab ihr natürlich nichts davon erzählt, sie hat mich gefragt, ob ich immer noch Strohhüte trage und was das

Boulespiel macht. Und so konnte ich dann wenigstens auch noch etwas sagen, konnte ihr von unserem nächsten *Concours de Boules* erzählen. Sie meinte noch, sie wolle mich vielleicht gelegentlich besuchen. Aber es klang eher unverbindlich.»

«Trotzdem seltsam, dass sie sich ausgerechnet jetzt gemeldet hat?», sagte Klara.

«Keine Ahnung, ich hab es auch nicht verstanden, aber, verstehst du, ich war wirklich nicht in bester Stimmung. Natürlich wollte ich sie noch nach ihrem Neffen fragen, mir fiel aber in dem Moment sein Name nicht ein – hieß er nicht Micha? – na ja, auf alle Fälle hat sie ihn von sich aus nicht erwähnt.»

«Richtig, er hieß Micha, Micha Wittenberg», sagte Klara mit einem Anflug von Wehmut in der Stimme.

«Ja natürlich, es ist ihr Neffe, in den du dich damals verliebt hattest. Ein netter Junge. Und gescheit. Irma war stolz auf ihn. Und sowieso war sie eine stolze Frau. Eine, wie soll ich sagen, auch eine sehr eigenwillige Frau.»

Marcel schien plötzlich ganz in seine Erinnerungen versunken. Seltsam, wie die Dinge laufen, dachte Klara. Sie weiß noch, wie sie Adressen ausgetauscht hatten, und wie man dann unglücklich, als wär's der Weltuntergang, voneinander Abschied genommen hat. Wieder zuhause, hielt sie ihren Liebeskummer in ihrem Tagebuch fest, schrieb von der Vertreibung aus dem *Paradis*, dann wanderten Briefe hin und her, die nach den ersten Wochen des Überschwangs allmählich immer seltener wurden, bis diese erste Liebe dann im Sande verlaufen und vergessen war. Eine Ferienliebe eben. Eher nichts fürs Leben. Klara hatte sich auf ihrem Stuhl zurückgelehnt.

Marcel wollte weiter erzählen.

«Auch in den 90er Jahren waren in den Sommermonaten regelmäßig Kinder ins Priorat eingeladen. Dann aber wurde der alte Herr krank, und seine Frau hat ihn bis zum Tod versorgt. Das war vor sieben Jahren. Und ein Jahr später ist meine Emilie gestorben. Und als die Kinder dann flügge wurden und nach und nach das Haus verließen, da wurde es sehr still. In jeder Hinsicht. Schade. *Eh oui!* So ist das Leben! Und so vergeht die Zeit.»

Marcel saß mit verschränkten Armen über den Tisch gebeugt. Kummer hatte sich auf seine Schultern gelegt, schien schwer zu lasten. Klara wusste im Moment nicht, was sie sagen sollte. Das *Café des Sports* war inzwischen immer voller geworden. Und auch immer lauter, vom Pling-Pling und Klack-Klack der beiden Flipperautomaten, die in einem fort piepsten und klingelten, und von der Kaffeemaschine, die grunzte, stöhnte und krächzte. In der hinteren Ecke hing der Fernseher, ein Fußballspiel wurde tonlos übertragen, das Interesse bei den Gästen war aber eher verhalten.

Marcel hatte sich noch ein Glas Rotwein bestellt. Klara war wieder in die Vergangenheit eingetaucht. Erinnerungen wurden geweckt und wirbelten ihr durch den Kopf, wurden plötzlich präsent wie wohl noch nie seit jener Zeit, als sie hier unten in Südfrankreich drei Sommer lang Ferien machen durfte. Ein Taumel der Gefühle, präsent und doch nicht greifbar. Schön und auch schmerzlich. Damit hatte sie nicht gerechnet, darauf war sie nicht vorbereitet. Ihr leises «Wie gestern erst» klang etwas hilflos, schwankend. Marcel setzte ein «Lange her!» drauf. Nach einer Weile resümierte Klara wieder etwas gefasster:

«Immerhin. Für mich waren es drei wunderschöne Sommer. Mit denen sich, abgesehen von den vielen Ferien bei der schwäbischen ‹Blumen-Oma› ganz sicher die schönsten Erinnerungen an meine Kindheit und Jugend verbinden. Wenn ich es mir überlege, dann wird mir klar, dass es vielleicht überhaupt die schönste Zeit war. Meine Begeisterung für alles, was Garten heißt, rührt daher. Weißt du was? Als ich klein war, wollte ich einen König heiraten, weil er um sein Schloss herum einen Park hatte, und später, wenn man mich gefragt hat, was ich im Leben einmal machen will, hab ich allen Ernstes behauptet: Ich werde mich um meinen Park kümmern. Und seit ich deinen Garten kenne, sieht er in meiner Vorstellung eben exakt so aus wie der Park des Priorats, wie dein Park eben, um den du dich ein Leben lang schon kümmerst.»

«Und den man mir jetzt wegnimmt!»

Ein trauriger Schatten legte sich auf Marcels Gesicht, das schlagartig um Jahre älter wirkte. Die Vertreibung aus dem Paradies, dachte Klara, und spürte einen Kloß im Hals. Ihr gelang es nur mit Mühe, die Tränen zurückzuhalten. Sie trank den Rest Milchcafé, der inzwischen längst kalt war. Sie überlegte, ob jetzt ein günstiger Moment wäre, Marcel nach den Gründen zu fragen, weshalb der Park samt dem Priorat verkauft werden sollte. Wie es überhaupt so weit kommen konnte. Klara suchte in Marcels Blick nach einer Antwort. Und Marcel, als hätte er sowieso mit dieser Frage früher oder später gerechnet, fing wieder an zu reden, erst stockend, dann immer redseliger, erzählte von früher und den alten Besitzern des Priorats, die nun eben nicht mehr lebten, denen er aber viel zu verdanken habe und die ihn immer gemocht hätten und vor denen er großen Respekt habe. Sprach dann von den vier Kindern, die inzwischen längst erwachsen seien und in alle vier Himmelsrichtungen verteilt lebten, nach Paris und Lyon gezogen seien, aus beruflichen Gründen oder weil von dort der Partner stamme, eine Tochter wäre sogar in die USA ausgewandert, und nur der Jüngste sei noch hier in der Nähe als Notar tätig. Na ja, und so musste eben kommen, was im Grunde absehbar war: Die Kinder wollten jetzt Geld sehen, hätten sowieso weder Zeit noch Interesse, sich um das Anwesen zu kümmern, und zerstritten seien sie außerdem, und das seit Jahren schon. Inzwischen kümmere sich ein Anwalt um den Verkauf. Und da die Kommune selber eben kein Geld habe, und sich vom geplanten Freizeitpark zusätzliche Arbeitsplätze verspreche, sei die Sache so gut wie beschlossen. Natürlich, meinte Marcel einschränkend, bestünde hier im Ort keineswegs Einigkeit. Die Sozialisten im Gemeinderat seien gegen den Verkauf, weil eine solche Vergnügungsanlage ökonomisch gesehen dem Ort nichts brächte. Auch die Kirche wettere dagegen, wenn auch ziemlich zahnlos. Und sogar aus dem Lager der Geschäftsleute und der Gastronomie gebe es Gegenstimmen, schließlich freuten sich nicht alle, wenn in Zukunft ganze Busladungen Touristen in den Ort einfallen, um dann bloß *fast food* in sich hineinzuwürgen. Bislang wisse niemand, inwieweit die Gemeinde finanziell von der Sache profitiere, vielleicht fließe die Gewerbesteuer ja auch gar nicht in die Gemeindekasse, sondern in die Zentrale der holländischen Investorengruppe. «Wenn du mich fragst, ich glaube, da weiß wirklich keiner genau Bescheid.»

Marcel war immer mehr in sich zusammengesunken. Resigniert zog er ein tristes Resümee.

«*Eh oui*, so ist das Leben. Alles hat eben mal ein Ende.»

So kannte Klara Marcel nicht. Nicht von damals und nicht von heute. Marcel war kein Entertainer, aber er hatte doch einen ganz eigenen Witz und außerdem war er Philosoph, Lebensphilosoph, das war ihr sogar damals schon aufgefallen. Und dann war Marcel schließlich der große Boulespieler, ein Zauberer mit seinen schweren Eisenkugeln, was ihm Trophäen und Urkunden eingebracht und allseits gehörigen Respekt verschafft hatte.

«Gibt es wirklich niemanden, der sich für das Priorat samt Park interessiert?»

«Vielleicht schon, wer weiß?», murmelte Marcel, «aber man braucht auch das nötige Vermögen.»

27

Eigentlich hatte sie getan, was sie tun konnte, überlegte Klara, als sie aus dem TGV stieg und gleich mit der Metro von der Gare de Lyon Richtung Havre Caumartin fuhr. Oder wäre mehr möglich gewesen? Sie hatte Marcel getroffen, mit ihm gesprochen, sie hatte sogar den Lokalredakteur der Zeitung interviewt, hatte im Rathaus nachgefragt, ohne dass sich dadurch etwas ergeben hätte. Jetzt würde sie versuchen, zwei oder drei Redaktionen in Deutschland anzusprechen, eine kleine Reportage müsste drin sein, Beispiele wie diese sind meistens mehr gefragt, mehr als solche, in denen alles nach Harmonie und Plan verläuft.

Sie hatte den Park wieder gesehen und war sich unschlüssig, ob sie wirklich noch einmal, wie ursprünglich geplant, in zehn Tagen erneut in den Süden fahren wollte. Obwohl sie es Marcel ja versprochen hatte. Es war das Wochenende des *Grand Concours de Boules*. «Ich brauche doch deine moralische Unterstützung», hatte er charmant gesagt. Dabei waren er und seine Mannschaft wie in all den Jahren auch diesmal wieder klare Favoriten.

Kaum war Klara wieder in ihrem Pariser Mansardenzimmerchen im 7. Stock angekommen, da floh sie auch schon wieder aus der Enge dieser Absteige und landete im *New Morning*, wo ihr diesmal eine ziemlich schlechte Reggaeband bei schlechtem Wein den Kopf zudröhnte, sodass sie noch vor Mitternacht wieder zu Hause war.

Wenn Klara nicht schlafen konnte, dann träumte sie sich in einen Garten hinein, der dann ihr gehörte, den sie pflegte und in den sie Gäste einlud. Ein Garten, ganz real und doch ganz Zauber. Dieser Garten hatte ganz unterschiedliche Gesichter, mal war es der italienische, mit ausladenden Terrassen und bizarren Grotten, symmetrisch und geometrisch angelegt, mit schönen Medici-Vasen und antiken Statuen. Mal war es der barocke, theatralisch inszenierte französische Garten oder der japanische, streng gezirkelte mit einem Pavillon, oder einfach ein weit gefächerter Sinnengarten an einem Sommertag. Für den sie sich jetzt gerade entschieden hatte. Sie dachte an die flüchtigen Aromen von duftigen Wicken, von Jasmin und würzigem Rosmarin, angereichert vom betörenden Parfum einer gelben Heckenrose. In Gedanken und immer der Nase nach kam sie in ihrem Phantasiegarten vorbei an Apfelbäumen und endlich dann zur Ruhe unter der schweren Duftwolke eines blühenden Lindenbaums.

Als Klara anderntags aufwachte, wunderte sie sich, dass sie den Wecker nicht gehört hatte. Vor Müdigkeit hatte sie vergessen, ihn zu stellen. Noch schlaftrunken nahm sie zur Kenntnis, dass sie nach langer Zeit mal wieder so richtig verschlafen hatte. Die letzten Traumbildfetzen konnte sie gerade noch am Schlafittchen packen, bevor diese sich wieder im Nichts auflösen wollten. Eine der griechischen Heldengestalten im Park von Versailles war vom Sockel gestiegen, hatte sich dann bei ihr untergehakt und sie in den *Bosquet de la Reine* geführt, das Wäldchen, in dem Le Nôtre, des Sonnenkönigs Gartenbaumeister, dereinst ein Labyrinth gestaltet hatte, mit 39 Springbrunnen, denen 39 Figuren aus Bleiguss beigeordnet waren, allesamt aus der Fabelwelt des Äsop. Kaum war sie in ihrem Traum dort angelangt, war ihr antiker Begleiter auch schon verschwunden. Dann war sie mit einem Gefühl von Orientierungslosigkeit aufgewacht. Dieser Traum wäre die Gelegenheit, Professor Lagarde auf dieses heute nicht mehr vorhandene Labyrinth anzusprechen, überlegte sie. Sicher war er schon auf eine Rückmeldung ihrerseits gespannt. Seit der Rückreise aus Italien hatten sie sich nicht mehr gesprochen. Bevor womöglich neue Zweifel auftauchten und für neuerliche Verwirrung sorgten, wollte sie das tun, was sie sich fest vorgenommen hatte, auch wenn sie sich nicht wirklich etwas davon versprach. Sie wollte sich bei dieser Irma Wohleben melden. Das hatte sie sich nach dem Treffen mit Marcel im *Café des Sports* geschworen. Die Telefonnummer in Frankfurt war leicht zu finden. Also nahm sie ihr Handy, atmete tief durch und wählte die Nummer.

28

Als Irma Wohleben aufgelegt hatte, saß sie eine lange Zeit reglos in ihrem Sessel.

«Verrückte Welt», murmelte sie immer wieder vor sich hin. «Verrückte Welt.»

Plötzlich, wie aus dem Nichts ein Telefongespräch. Mit einer Frau, die sie schon als kleines Mädchen gekannt, zumindest vage wahrgenommen hatte, weil dieses Mädchen genau wie ihr Neffe als eines der Ferienkinder nach Südfrankreich ins Priorat kam. Sie erinnerte sich an dieses Kind, mochte es aber nicht besonders. Es war ihr zu blond, zu «arisch». Es war ihr nicht recht, so zu denken, aber so war es nun mal. Wie alt sie wohl sein mochte? Irma Wohleben rechnete, aber es war ihr im Grunde egal. Seltsam, diese Frau hatte sie auf eine Fährte gesetzt, auf der sie sich bereits befand. Denn unmittelbar nach ihrem Besuch beim Pfarrer hatte sie versucht, Kontakt zu Marcel, dem Gärtner aufzunehmen, hatte mit ihm telefoniert, sich nach ihm erkundigt. Und war verwundert über seine einsilbigen Antworten, weil sie ihn von früher ganz anders in Erinnerung hatte, wusste jetzt nicht, ob es das Alter war oder der Schreck über ihren Anruf oder ob es sonst einen Grund gab. Lediglich als sie ihn nach dem Boulespiel erkundigte, schien er für einen kurzen Moment aufzuwachen, für ein paar Sekunden hatte er die Stimme, die sie von ihm von früher her noch im Ohr hatte. Dann wieder der einsilbige, missgestimmte Tonfall. Sie reimte es sich mit dem Alter zusammen. Was sonst, dachte sie. Das wird es sein. Mit keinem Wort hatte er das *Prieuré* erwähnt, geschweige denn dessen geplanten Verkauf. Ihr wurde plötzlich klar, dass diese Geschichte seine Existenz in Frage stellte, Marcels persönliches Schicksal betraf.

Wieder saß Irma Wohleben lange reglos in ihrem Sessel. Wieder musste sie an das soeben geführte Telefonat denken. Hatte Schwierigkeiten, sich das Mädchen mit dem blonden Zopf als erwachsene Frau vorzustellen. Wollte es eigentlich auch gar nicht. Wollte gar nicht analysieren, ob da vielleicht auch Neid mitschwang, damals mitschwang, weil dieses Kind – weiß Gott! – hübsch war, dachte Irma Wohleben, ‹so ein reines Wesen›. Und jetzt wollte sie, dass ihr diese Frau gleichgültig wäre. Auch wenn sie ihr die Informationen über Marcel verdankte. Sooft sie ihr damals, Ende der 80er, Anfang der 90er Jahre begegnet war, kamen ihr solche fatalen Folgerungen. Von blond zu arisch zu Nazi. Und so sehr sie sich damals schon gegen diese Gedanken gewehrt hatte, so wenig konnte sie sich ihrer doch erwehren. Jahrzehnte nach dem Holocaust bei blond an Nazi zu denken, das war völlig meschugge, lächerlich geradezu, aber eben doch da, wie ein Fluch. Etwa so lächerlich, wie wenn man heutzutage hinter jedem Araber einen

Terroristen vermutet, dachte sie. Sie schämte sich, aber irgendetwas in ihr bestand eben auf diesen Bildern, die sich nun mal mit frühesten Bildern ihrer Kindheit verbanden. Es waren angstbesetzte Bilder, die heute noch gelegentlich in Albträumen über sie hereinbrachen. ‹Irma, komm zur Vernunft!› sagte sie sich und wischte sich mit der Hand über die Augen, als wollte sie störende Schatten vertreiben. Es waren mit den Jahren immer weniger Bilder geworden, diese dafür immer deutlicher, immer intensiver. Wie sie und ihr Bruder und noch zwei weitere Kinder an der Hand fremder Leute in Uniform – heute wusste sie, es waren Angehörige der Heilsarmee – mitten in der Nacht durch das besetzte Paris gezogen, fast gezerrt wurden, wie sie in einem fremden Haus warten mussten, bis sie von einem Wagen abgeholt und später in einen Zug verfrachtet wurden, ohne zu wissen, wohin die Reise ging. Nach einer langen Fahrt waren sie irgendwo im Süden Frankreichs ausgestiegen, wurden auf einen Lastwagen verfrachtet, und weiter ging die Reise über holprige Straßen, bis es nicht mehr weiterging und der letzte Teil des Wegs zu Fuß zurückgelegt werden musste. Dann tat sich vor ihnen dieses alte Eisentor auf, wo sie von einem Mann und seiner Frau in Empfang genommen wurden. Und Irma wusste noch genau, wie die Frau sie in den Arm genommen hatte, fest an sich gedrückt hatte, dann mit einem traurigen Lächeln gesagt hatte: «Willkommen im Paradies!»

Welch eine Ironie des Schicksals! Ihre Eltern waren auf dem Weg nach Auschwitz, mitten hinein in die Hölle, ihre beiden Kinder wurden in Südfrankreich mit einem «*Bienvenu au paradis!*» begrüßt. Dabei lagen dem Gärtner und seiner Frau nichts ferner als Ironie. Aber der Park, den sie zu pflegen und zu bewirtschaften hatten, hieß bei den Leuten in der Gegend nur ‹*le paradis*›. Also hatte man sie eben im Paradies willkommen geheißen.

‹Und, weiß Gott! Es war unser Paradies!› dachte Irma Wohleben und hatte sich erhoben. Was soll's! Für die Informationen musste sie dieser jungen Frau am Telefon dankbar sein. Sehr sogar. Zweierlei würde sie tun. Erst ihren Neffen in Heidelberg anrufen. Dann mit dem Bruder ihrer Schwägerin telefonieren, der als Jurist beim Europarat in Straßburg arbeitete. «Nu, wenn er dort ein wichtiger Mensch ist, dann soll er mir in Erfahrung bringen, was ich wissen will. Mal sehen, wozu Verwandtschaft noch taugt.»

29

«Komisch, das ganze Leben ist irgendwie Himmel und Hölle.»

Mit diesem philosophischen Satz begrüßte Micha seinen Kollegen Max Ulmer, der sich etwas verspätet hatte und Micha gegenüber jetzt Platz nahm. Ihr Stammlokal am Neckar war wie immer bis auf den letzten Platz besetzt.

«Stimmt. Irgendwie eine Kräfte zehrende Mischung aus Arsch und Vanillepudding», ergänzte Max und schaute gleichzeitig erstaunt auf seinen Freund. «He Mann! Ich glaub, mich quietscht 'ne Ente. Sag, woher bloß holst du die philosophischen Einsichten zu so später Abendstunde?»

Max liebte skurrile Redewendungen, die er meist auch selbst erfand. Für Micha waren sie die erquickliche Knabberkost zum fast allabendlichen Bier nach einem langen Kliniktag.

Micha Wittenberg ließ sich nicht zweimal bitten. «Kennst du das? Plötzlich, aus heiterem Himmel, holt dich die Vergangenheit ein.»

Max, der sich nach einem kräftigen Schluck mit dem Handrücken den Schaum vom ersten und damit schönsten Schluck des Abends von der Oberlippe gewischt hatte, kommentierte: «Und schon beginnt eine Schwindel erregende Fahrt auf der Achterbahn unserer Gefühle.»

Darauf Micha, verwundert: «Sag mal! Wie kommst du jetzt gerade darauf? So, als könntest du mir ins episodische Gedächtnis meines Hippokampus schauen.»

«Um Himmels Willen, was ist denn passiert?» Max zeigte echtes Erstaunen.

«Eben weil mich heute plötzlich aus heiterem Himmel die Vergangenheit eingeholt hat, und mir seither auch nicht mehr aus dem Kopf geht. Eben ein äußerst Schwindel erregendes Gefühl. Eine Botschaft aus grauer Vorzeit, und das, ganz nebenbei, weil du mir diese bescheuerte Idee mit dem Wochenendgutschein für meine Tante gegeben hast.»

«Ich versteh nur Bahnhof», meinte Max und machte ein etwas beklopp;tes Gesicht.

«Okay. Ich versuch' es dir zu erklären. Meine Tante am Telefon. Übernächstes Wochenende wolle sie den Gutschein einlösen, nein, sie sagte: müsse sie den Gutschein einlösen. Unter allen Umständen. So, als wär's überlebensnotwendig. Aha, meinte ich und überlegte und wusste sofort, dass ich an besagtem Wochenende Bereitschaftsdienst habe, dass es also schon mal meinerseits gar nicht geht. Aber sie redete weiter, keine Chance, dazwischenzukommen. Es sei für sie sehr wichtig, dulde auch keinen Aufschub, sie hätte auch schon mit da unten telefoniert …»

«Wo, ‹da unten›?»

«Ich erkläre es dir gleich. Auf alle Fälle zeigte sie sich alles andere als flexibel, um es mal vorsichtig auszudrücken.»

Max nahm den nächsten Schluck, setzte das Glas ab und meinte: «Aha!»

Micha fuhr fort: «Stell dir mal vor: ‹da unten› das ist nicht – was weiß ich? – Lörrach oder so, ‹da unten› das ist in Südfrankreich! Mal so für ein verlängertes Wochenende Südfrankreich! Kapierst du? Und da unten will sie einen Gärtner besuchen, der sie zu einem Boule-Turnier eingeladen habe.»

«Wie? Deine alte Tante spielt Boule?»

«Nein, nicht sie, der alte Gärtner. Den sie noch von früher kennt.»

«Aha. Na ja, nichts liegt näher als das», warf Max ironisch ein, wollte damit aber vor allem zum Ausdruck bringen, dass er inzwischen überhaupt nichts mehr kapierte. Micha versuchte, weiter auszuholen, erzählte von den Sommerferien im *Prieuré*, wie die Tante ihn dorthin gebracht und wieder abgeholt hatte, weil sie die Besitzer dieses Anwesens gekannte hatte, und eben auch Marcel, den Gärtner, der wohl etwa so alt sein dürfte wie sie.

«Aha, verstehe. Verstehe aber überhaupt nicht, was du willst. Damals hatte sie Zeit, dich da hinzubringen, jetzt musst du eben Zeit finden, sie da hinzubringen. Ausgleichende Gerechtigkeit, ich finde, das ist nicht mehr als recht und billig.»

«Ach wie einfach doch wieder mal die Welt für dich ist! So, als ob alles überhaupt kein Problem ist. *Don't worry, be happy.*»

«Ja richtig, *Hakuna Matata*. Versuch es doch einfach mal so herum zu betrachten. Versuchs doch mit Gelassenheit.»

Micha sagte nichts, gab sich Bedenkzeit. Und trank sein Glas leer. Dann fuhr er fort: «Wie auch immer: Da ruft die alte Tante an – faltig, aber fit! – und plötzlich tauchen wie aus dem Nichts die Erinnerungen wieder auf: Zum ersten Mal weg von daheim, Ferien in Frankreich, gleich mehrere Sommer hintereinander: ein Pool im Park, französische Freunde und – was dich sicher interessieren wird – die erste große Liebe.»

«Und wo genau war das?» Max war jetzt bei der Sache.

«Irgendwo in Südfrankreich. Ardèche, glaube ich.»

«Aha. Nicht schlecht. Und? Wie war sie?»

«Wer? Die Ardèche?»

«Quatsch! Die erste Liebe natürlich.»

«Typisch, du denkst wieder nur an die Frauen.»

«An das Schöne des Lebens eben.»

«Hör mal! Die Kleine war damals – keine Ahnung – im ersten Sommer vielleicht gerade mal zwölf Jahre alt, hatte einen langen blonden Zopf und spielte von morgens bis abends mit ihren Freundinnen *Himmel und Hölle.*»

«Was'n das?»

«*Himmel und Hölle*? Bist du nie *Himmel und Hölle* gehüpft? So von 1 bis 9 oder so?»

«Ach so, *Hickelkasten*. Wo man mit einem Bein auf Zahlen hüpfen muss, die man mit Kreide auf den Gehweg gemalt hat.»

«Genau, wahrscheinlich ist dein *Hickelkasten* das gleiche wie *Himmel und Hölle*. In Frankreich sagten die Kinder *Marelle* dazu. Ich hör's noch. Kaum war das Frühstück rum, rief irgendwer: ‹*On va jouer à la marelle!*› Und schon sind alle hinaus gerannt.»

«Ach! Und da bist du also zum ersten Mal einer Blondine nachgehüpft.»

«Oder sie mir, weiß nicht mehr so genau. Das war im dritten Sommer. Und auch dem letzten da unten.»

«Respekt, Respekt!» meinte Max. «Immerhin also so was wie die erste große Liebe.»

«Genau», meinte Micha mit gleichmäßiger Betonung auf beiden Silben, «ge-nau. Die erste große Liebe, und wir waren über beide Ohren ineinander verliebt. Die ersten Umarmungen, mit pochenden Herzen, die ersten Küsse, heimliche Küsse beim heimlichen Rendezvous im Park hinter einem über und über mit Efeu bewachsenen Pavillon, am Rande eines riesigen Gartens.»

«Klingt ganz schön romantisch, hätte ich dir gar nicht zugetraut. Micha, der Schwerenöter. Und dann?»

«Was ‹und dann›?»

«Na ja, wie es weiterging will ich wissen.»

«Wie schon? Wie bei jeder ersten Liebe.»

«Aha, also Liebe auf den ersten Reinfall.»

«Max! Jetzt hör auf damit!»

«Mann, Wittenberg! Pardon, *Dr.* Wittenberg, sei doch nicht so humorlos! War doch nur mal so ein Scherz.»

So richtig zum Scherzen aber war es Dr. Wittenberg zu dieser schon etwas vorgerückten Abendstunde nicht mehr.

«Ein Nostalgietrip also.»

«Keine Ahnung, ich hab's irgendwie auch nicht richtig verstanden. Mir waren, ehrlich gestanden, diese Ferien von damals auch irgendwie nicht mehr so sehr präsent. Irgendwie fielen sie mir nicht mehr jeden Tag ein, wenn du weißt, was ich meine.»

«Wahrscheinlich weil du inzwischen viel zu selten *Himmel und Hölle* spielst.» Max leerte sein Glas.

«So wird es sein.»

Die Bedienung wollte wissen, ob sie noch zwei Pils bringen dürfe.

«Aber ja doch!» sagte Max, und wandte sich, plötzlich wie von der Tarantel gestochen, an Micha:

«Mann, das ist ja der Wahnsinn! Himmel und Hölle! Kapierst du nicht? Ein Wink des Schicksals! Das klingt doch nach einer Einladung zum *Himmel und Hölle-Spiel*!»

«Ganz genau! Mit meiner Tante! Und mit dem Gärtner!»

«Unsinn! Du rufst deine Ferienliebe von damals an, quatschst was von wegen ‹Alte Liebe rostet nicht›, und erzählst ihr genau die gleiche Geschichte, wie die von deiner Tante und ob sie nicht auch noch einmal das alte Kloster oder die Ritterburg oder was das mal war, sehen möchte, und ob sie nicht zufällig sowieso zum Bouleturnier kommen wolle, und – schwups – schon trefft ihr euch da unten!»

Max echauffierte sich geradezu und Micha schaute ihn verständnislos an, meinte dann nur:

«Völlig bescheuert! Ich ruf da also an und dann kommt eins ihrer Kinderchen ans Telefon und fragt den Papa am Tisch: ‹Papa, wer ist der Mann, der die Mama sprechen will?› Und sie kommt mit der Suppe aus der Küche und sagt: ‹Oh! Meine erste große Liebe!› Hahaha. Wirklich lustig!»

Max ließ sich nicht beirren: «Wieso soll sie verheiratet sein? Denk doch positiv. Sie ist dreißig, nicht blöd und deshalb unabhängig und hat den Richtigen noch nicht gefunden.»

Micha schwieg. Entweder war es ihm zu blöd, die Gedankenspiele seines Kollegen mitzuspielen, oder er war einfach zu müde dazu. Max ließ nicht locker:

«Mein *little brain* hinterm *Umbilicus* sagt mir, dass, wenn du dich nicht bei ihr meldest, dass du dann zertifiziert das größte Rhinozeros bist, das je über die mitteleuropäische Steppe getrampelt kam.»

Micha grinste leicht genervt und konterte mit gleicher Waffe:

«Und mein *big brain* hinterm *Cortex* sagt mir, dass

ich weder ins Internet gehe, um per Suchmaschine eine alte Freundin zu finden, noch meiner alten Tante ihren Wunsch erfüllen kann, da ich, wie gesagt, an besagtem Wochenende Bereitschaftsdienst habe und abgesehen davon wirklich nicht weiß, was ich in Südfrankreich soll.»

Jetzt war es Max, dem nichts mehr einfiel, der völlig verdutzt auf sein Gegenüber schaute. Irgendwie hatte es ihm plötzlich die Sprache verschlagen. Und das war ausnahmsweise mal nicht gespielt.

30

Lagarde erklärte Klara das Labyrinth. Wieder einmal, wie schon so oft. Er tat es mit Vorliebe, als wäre es eine seiner Lieblingsbeschäftigungen. Und heute fand er es besonders passend, denn das Wetter war schwül, dafür im *Bosquet de la Reine* unter den Schatten spendenden Bäumen entsprechend angenehm luftig.

Zuerst aber und noch auf dem Weg durch den Versailler Park in Richtung Wäldchen erzählte Klara, wie ihre Reise in den Süden zum Priorat verlaufen war, mit wem sie sprechen und was sie in Erfahrung bringen konnte, und dass sie sich mit Marcel, dem alten Gärtner, wiedergetroffen habe, was dieser über das hinaus, was bereits in der Zeitung zu lesen war, ergänzend noch wusste, und dass insgesamt, ihrer Einschätzung nach, der Verkauf des Priorats beschlossene Sache sei. Dass sie aber dennoch gestern, kaum wieder in Paris, mit Irma Wohleben, also der Tante von dem Jungen, den sie damals in den Ferien im Priorat kennengelernt hatte, telefoniert habe.

Professor Lagarde blieb stehen, Hände in den Hosentaschen, und schaute erstaunt auf Klara.

«Wie? Sie haben …?» Er schaute voller Bewunderung auf Klara: «Mein Kompliment! Und wie hat die Tante ihrer damaligen Ferienfreundschaft am Telefon reagiert?»

«Zuerst einmal umständlich. Oh Gott, dachte ich, womöglich ist die alte Dame schon etwas verwirrt. Dann aber, als sie noch einmal nachgefragt hatte, wer genau ich sei und sie sich dann auch erinnern konnte – ‹Jaja, ich erinnere mich, die kleine Klara mit dem blonden Zopf› – da meinte sie, ich solle ihr meine Telefonnummer geben, sie hätte gerade Besuch von einer Freundin, sie würde sich später melden. Okay, dachte ich jetzt, das war's dann wohl. Aber nach knapp einer Stunde kam der Rückruf. Ein langes Gespräch, bei dem sie mir Dinge von damals erzählt hat, an die ich mich gar nicht mehr erinnern konnte und von denen ich zum Teil auch gar keine Ahnung hatte.»

«Schön, und wie reagierte sie auf den geplanten Verkauf des *Prieurés*?»

«Da entstand zuerst mal eine lange Pause. Ich dachte schon, die Leitung sei unterbrochen. Dann sagte sie: ‹Nein, nein, ich bin noch da. Aber das ist ja furchtbar, was Sie da sagen! Und Marcel, der Gärtner?› Ich hatte den Eindruck, dass ihr Marcel fast noch wichtiger war als das *Prieuré*. Sie wollte genau wissen, wie es ihm ginge, ob er noch gut beieinander sei und immer noch der Alte, wie eh und je und wie man ihn eben von damals kenne, und ob er noch immer Boule spiele – was ich bestätigen konnte, weil in zehn Tagen, also am übernächsten Wochenende, wieder der alljährliche *Grand*

Concours de Boules stattfindet, bei dem er schon mehrfach das *Diplôme d'honneur* erhalten hat.»

«Aha, womit wieder einmal bewiesen wäre, dass Boulespiel und hohes Alter bestens harmonieren», bemerkte Lagarde.

«Übrigens geht Marcel fest davon aus, dass ich zum *Grand Concours* noch einmal hinunterfahre», sagte Klara.

«Und dass das Anwesen nun verkauft werden soll, hat sie sich dazu auch geäußert?»

«Um ehrlich zu sein, konnte ich ihre Reaktion nicht genau einschätzen. ‹Das ist ja furchtbar›, meinte sie, und ‹armer Marcel!› Aber ob oder inwieweit ihr jetzt das Schicksal dieses Parks und des ganzen Anwesens wirklich nahe ging, konnte ich am Telefon nicht einschätzen. Zum Schluss bedankte sie sich, dass ich an sie gedacht und ihr das gesagt hätte. Dann wollte sie noch wissen, was aus mir geworden sei, beruflich und so, über ihren Neffen verlor sie kein Wort, und, tja, ich habe nicht gewagt, sie nach ihm zu fragen.»

Klara blieb stehen, unschlüssig, ob sie dem noch etwas hinzufügen wollte oder nicht. Schließlich war sie ja drauf und dran gewesen, sich auch bei ihrer ehemaligen Jugendliebe zu melden, dessen E-Mail-Adresse sie auf der Homepage des Heidelberger Universitätsklinikums gefunden hatte.

Auch Lagarde war stehen geblieben, wie selbstverständlich und abwartend. Klara hatte den Blick gesenkt und spielte mit ihrem linken Fuß, zog mit der Schuhspitze Linien in den Kiesweg, ohne Plan.

«Vielleicht ist das doch alles irgendwie unsinnig, ich meine, in was mische ich mich da eigentlich ein? Bloß weil ich vor ewig langer Zeit einmal ein paar Sommerferien lang in einem südfranzösischen Garten gespielt habe, bilde ich mir ein, ich könnte gegen irgendwelche *global players* so eine Art weiblichen Don Quichotte spielen. Am Ende ist außer Spesen nichts gewesen.»

Lagarde verschränkte die Arme auf dem Rücken.

«Liebe Klara, wenn Sie nichts dagegen haben, nur ein paar Schritte noch, und wir befinden uns im ‹Wäldchen der Königin›, wir könnten uns dort in den Schatten setzen. Wir sind also, wie Sie sehen, im doppelten Sinn im Labyrinth angekommen. Hier in diesem nach englischem Vorbild unter Louis XVI. entstandenen Wäldchen, hier, wie gesagt, befand sich ursprünglich der nach Entwürfen des königlichen Gartenarchitekten André le Nôtre 1674 fertig gestellte Irrgarten, dem heutigen Besucher nicht mehr sichtbar. Auch Ihr Labyrinth, in dem Sie sich derzeit bewegen – und wir Menschen bewegen uns mehr oder weniger immer in irgendwelchen Labyrinthen –, könnte man nun sehr gut mit diesem hier einst gelegenen Irrgarten vergleichen. Nehmen Sie dieses Blatt.»

Sie hatten auf einer Bank Platz genommen und Lagarde holte ein zusammengefaltetes Blatt Papier aus seinem Jackett und reichte es Klara.

«Schauen Sie sich das an, ein ähnliches Labyrinth ist Ihnen wahrscheinlich noch nie begegnet. Kein klarer Aufbau, keine Symmetrie, kein Kreis und kein Quadrat, nichts von dem, was wir normalerweise mit einem Labyrinth verbinden. Hier kann man sich wunderbar verlieren, in immer wieder denselben Sackgassen landen, vielleicht nie ans Ziel – oder besser: zum Ausgang – gelangen. Charles Perrault, der Märchensammler und Dichter, hat bereits im 17. Jahrhundert einen Führer durch dieses Labyrinth veröffentlicht, der ähnlich den heutigen Routenplanern den kürzesten und den effektivsten Weg zeigt, bei dem wir möglichst keinen dieser Wege doppelt gehen und gleichzeitig auch keine der 39 Skulpturen auslassen. Ein Navigationssystem, wie wir es von Programmen, von einem Routing im heutigen Sinn kennen, der Eingang wäre der Sender, über einen optimierten Entscheidungsweg gelange ich zum Empfänger, beziehungsweise Ausgang, wie Sie wollen. Wir kennen solche Wegbeschreibungen, bei der die Reihenfolge der angestrebten Etappen oder Knoten von Bedeutung sind, auch aus Königsberg, wo Leonhard Euler bewies, dass es keine Möglichkeit gibt, über alle sieben Brücken zu gehen, ohne dabei eine zweimal zu überschreiten – im Gegensatz zum ‹Haus vom Nikolaus›, das Sie vielleicht noch aus Ihrer Kindheit kennen, und bei dem wir ohne Redundanz auskommen, und das somit echt *eulersch* ist. Sie sehen: So werden aus Irrgärten gelegentlich mathematische Graphen.»

Lagarde faltete seinen Zettel wieder zusammen und fügte lächelnd hinzu: «Und manchmal ist es umgekehrt.»
Klara hob bedauernd die Schultern.
«Von höherer Mathematik verstehe ich leider nichts.»
«Pardon. Sie haben Recht, ich liebe es halt, vom Hundertsten ins Tausendste zu kommen. Und so ist das mit den Irrgärten, kaum setzt man den Fuß hinein, schon locken sie mit unwiderstehlicher Sogkraft. Ohne Navigationssystem hilft uns da keiner heraus, wir irren umher, verirren uns und können nur hoffen, irgendwann wieder dem Irrgarten zu entkommen. Hier auf diesem Papierfetzen sieht alles ganz einfach aus. In Wirklichkeit aber ist alles höchst verzwickt.»
Lagarde legte eine Pause ein, die Finger seiner Rechten durchkämmten wie so oft, wenn der Philosoph nachdachte, seinen Bart.
«Schauen Sie: Einerseits haben Sie schon viel erreicht. Andererseits suchen Sie Ihren weiteren beruflichen Weg, Sie kommen deshalb extra nach Paris, studieren den Park von Versailles, und demnächst erhalten Sie einen Preis für eine Arbeit, die in der Vergangenheit liegt. Fast zeitgleich erreicht Sie die Absage für Ihr geplantes Buchprojekt, dafür begleiten Sie mich nach Italien und geraten mitten unter die Philosophen. Dort erfahren Sie unter anderem vom geplanten Verkauf eines Priorats im Süden Frankreichs. Und genau in diesem kleinen, ehemaligen Kloster haben Sie vor vielleicht zwanzig Jahren Sommerferien verbracht. Erinnerungen werden

geweckt, wenn mich der Eindruck nicht trügt, sind es ja schöne Erinnerungen. Umso größer Ihre Motivation also, der Sache nachzugehen. Und schon geht die Spurensuche weiter. Und plötzlich führen Wege in die Vergangenheit. Unsicher stellen wir uns in solchen Situationen die Frage: Was will ich dort? Und zu welchem Behuf? Mit welchem Zukunftspotential ist diese Vergangenheit ausgestattet? Bringt das denn alles etwas? Sie haben sich diese Frage ja soeben selber gestellt, im Zusammenhang mit Ihrem Telefonat. Und noch haben Sie keine Ahnung, ob oder wohin diese Spuren führen. Genauso wenig, wie Sie jetzt schon sagen können, ob Sie für die Übersetzung meiner kleinen Kolumnen irgendwann mal einen Interessenten im deutschen Blätterwald finden werden. Nun gut, das ist ja auch nicht so wichtig.»

«Doch, doch, Sie haben Recht. Ich werde mir morgen wieder ein paar vornehmen, das wird mich ablenken.»

Wie auf ein Zeichen hin hatten sie sich erhoben und waren langsam wieder Richtung Ausgang gegangen.

«Was werden Sie tun?» fragte Professor Lagarde.

«Ich werde wieder in den Süden fahren. Zum *Grand Concours de Boules*. Marcel zuliebe. Und um dann noch einmal durch den Park des *Prieuré* zu gehen. Durchs *Paradis*. Mir zuliebe.»

31

Es war Klara ein Leichtes, in dem Stapel der Lagardeschen Kolumnen die (oder doch zumindest eine) übers Labyrinth zu finden.

«Folgen Sie mir heute in das jahrtausendealte Labyrinth. Ich meine nicht den Irrgarten, in dem wir uns verirren, verirren sollen, in dem wir – absichtlich fehlgeleitet und verloren – erkennen sollen, dass wir hilflos verstrickt ins sündhafte Lasterleben sind. So die mittelalterliche Kirchenphilosophie. Mit anderer Philosophie, aber mindestens ebenso hilflos verstrickt irren wir durchs *world wide web*, ein seinem Wesen nach fast endloser Irrgarten. Keine Chance, dort die Mitte zu gewinnen. Umkehr ist also immer nur auf halbem Weg möglich, ungeläutert, verwirrt, um die Zeit betrogen. Es gab und gibt diese Irrgartenlabyrinthe, so auch das heute nicht mehr existierende trapezförmige Labyrinth von Versailles.

Doch das wahre Wesen des Labyrinths war zu allen Zeiten der lange, umkreisende, bis fast zur Mitte stockdunkle Weg, ein orakelhaft delikater Weg zur unbekannten, nicht vorstellbaren Mitte. Der magische Weg ins Zentrum, zu sich selbst. Ohne die Möglichkeit, sich zu verirren. Nicht in die Irre schickt uns ein solches Labyrinth, sondern uns entgegen, auf uns zu. Beim berühmten Labyrinth von Chartres beträgt die Distanz vom Eingang bis zur Mitte nur sechs Meter. Der Weg aber vom Eingang bis zum Ziel, den wir umkreisend und in Wendungen zurücklegen müssen, ist exakt vierzigmal so weit, also 240 Meter. Ein Weg, den wir zweimal zurücklegen müssen. Hinein und wieder hinaus. Nichts anderes als eben der Weg zur Mitte. Jedoch werden wir die gefühlte Länge dieses Wegs erst kennen, wenn wir angekommen sind. Ein Weg aus der Welt und wieder in sie zurück. Ein Weg aus sich heraus, um bis zur eigenen Mitte zu gelangen. Aufregend, fesselnd auch, wie dieser Weg verläuft. Aufschlussreich, welche Haltung wir einnehmen, was wir uns zutrauen. Was wir erwarten, was uns erwartet. Wie kommen wir voran? Tastend oder ängstlich, drauf und dran, wieder umzukehren, oder entdeckungsfreudig, angelockt, fasziniert und ungestüm von einer eigentümlichen Neugierde getrieben, dem Abenteuer folgend. Und dann? In der Mitte angekommen: Wer oder was erwartet mich? Die Botschaft, die die Lebensmitte definiert. Eine Botschaft, die sich nicht erklären lässt, nicht abstrakt herbeireden lässt, wie die hübschen Allerweltsweisheiten fürs Poesiealbum. Eine Botschaft, die nur erfahren, besser: ergangen werden kann. Durch den Weg zu ihr, hinein ins Labyrinth. Aber auch der Weg zurück ist Teil dieser Botschaft, denn mit der Kenntnis der Mitte finden wir abgeklärter den Weg zurück in die Welt. Unsere Haltung ist jetzt nicht mehr die der Ungewissheit, des Entdeckergeistes, sondern vielmehr die der Demut.

Nicht schnurstracks geradeaus, sondern in Wendungen geht der Weg, höchst konzentriert, kreisend wie der Adler um die Beute. Wie im Leben. Und wir begreifen nach und nach, dass es anders nicht geht – dass es vor allem nicht darum geht, eine Abkürzung zu finden, weil es die so gar nicht gibt, auch wenn das Ziel schon zum Greifen nahe scheint. Wir lernen akzeptieren, dass die Zeit lang wird, und dass der Weg seine Zeit braucht. Das Labyrinth ist nicht nur ein Element vieler Gärten und Parks, es ist auch wie der Garten ein Gegenentwurf zur Welt, der ganz andere Ort, bescheiden, demütig und auch: berechenbar.»

32

Irma Wohleben hatte sich bei ihrem Neffen durchgesetzt. Da Dr. Wittenberg sowieso schon zahlreiche Überstunden abzubauen hatte, war es kein wirkliches Problem, Wochenenddienste zu tauschen und noch zwei Tage dranzuhängen. Zum sanften, aber bestimmten Durchsetzungsvermögen der Tante hatte sich bei Micha langsam aber sicher auch die Lust gesellt, wieder einmal nach Frankreich zu fahren, dorthin, wo er mehrere Sommer lang seine Ferien verbracht hatte. Diesen Ferien hatte er letztlich seine heute immer noch passablen Französischkenntnisse zu verdanken. Es waren schöne Erinnerungen an unbeschwerte Ferienwochen, wie er sich eingestehen musste. Und je mehr er darüber nachdachte, desto mehr kamen die dazugehörigen Bilder, von dem kleinen Ort und dem am Ortsausgang gelegenen vornehmen Priorssitz inmitten eines Parks, mit einem riesigen Eingangsportal, dem feinen grauen Kies auf den Wegen, den Palmen und den Orangenbäumen in mächtigen Vasen aus Anduze links und rechts des lang gezogenen Wasserbeckens, in dem in Blau und Rosa die Seerosen blühten. Er erinnerte sich an den ersten Pastis, den er in seinem Leben getrunken hatte, an die üppig gefüllten Obstschalen und an die Forellen, die sie zusammen mit dem Gärtner gefangen und dann stolz in der Küche abgeliefert hatten. Und natürlich erinnerte er sich noch gut an das Mädchen, das er im Grunde nie richtig kennen gelernt hatte, das von allen bewundert wurde, weil es schön war und ausgelassener als die anderen. Erst im dritten Sommer hatte er mehr als nur den blonden Zopf und die Sommersprossen wahrgenommen. Verstohlene Blicke wurden ausgetauscht, beim Essen unter den Platanen. Dann, beim traditionellen *Bal Populaire*, als gegen Ende des Abends das Gedränge auf der Tanzfläche am größten war, da war er sich gewiss, dass ihre Hände seine zaghaften Berührungen erwidert hatten.

Ein Wohlgefühl stieg in ihm auf, jetzt, wo er daran dachte und irritiert nahm er wahr, wie intensiv sich längst vergangene, längst vergessene Lebenszeit gefühlsstark wieder einzustellen vermag.

Irgendwer hat einmal behauptet, nichts sei blöder, als einer alten Jugendliebe hinterher zu forschen. Der Schock zwischen Vergangenheitsverklärung und nüchterner Realität sei groß. Trotzdem ließ es ihm keine Ruhe, immer wieder ging ihm die Schnapsidee seines Kollegen, dem er, was Frauen anging, ein untrügliches Gespür attestieren musste, durch den Kopf, sich bei Klara zu melden.

Als Micha zwei Tage vor der geplanten Reise aus der Klinik kam, später als er es sich vorgenommen hatte, da fuhr er ganz und gar gegen seine Gewohnheit den

Rechner noch einmal hoch. Dann tat er, was er sich bisher verkniffen hatte: Er gab den Namen seiner ehemaligen Sommerferienfreundin in die Suchmaschine ein. Und staunte nicht schlecht, was er dabei zu Tage förderte.

Er las und las, vergaß, dass er den ganzen Tag fast noch nichts gegessen hatte, las Veröffentlichungen über die Sozialgeschichte urbaner Grünflächen, einen Reisebericht aus Marokko, Reportagen über englische und französische Park- und Gartenanlagen, landete irgendwann auch auf der Website eines Hamburger Verlags und fand dort eine E-Mail-Adresse. Seine Finger auf der Maus waren schneller als sein Kopf, sie klickten die Adresse an und forderten den ersten Satz. Also verfasste Micha ein paar wenige, vorsichtig formulierte Zeilen an seine ehemalige Jugendliebe, schrieb von seiner Tante (an die sie sich ja vielleicht noch erinnern könne) und dass es ihr Wunsch sei, nach Südfrankreich zu fahren, um das alte Priorat noch einmal zu besuchen, das demnächst wohl verkauft werden soll. Außerdem würde die Tante auch Marcel, den Gärtner, sehr gerne wieder sehen. Und so seien ihm im Hinblick auf diese Reise am kommenden Wochenende schöne Erinnerungen an die Ferien damals gekommen. Und er fügte hinzu: «Keine Ahnung, wo du steckst und ob du dich noch erinnerst?»

Dann schrieb er eine zweite E-Mail an Max: «Werter Kollege, unter dem Motto ‹Bringt nichts, macht aber auch nichts›, hab ich meiner Jugendliebe eine E-Mail geschickt: Du hast also wieder einmal gewonnen. Zufrieden?»

Micha fuhr seinen Rechner herunter und überlegte, wann *er* denn zum letzten Mal gewonnen hatte. Dann packte er für die nächsten fünf Tage seinen Dreitagereisekoffer.

33

In aller Herrgottsfrühe holte Micha seine Tante am Bahnhof ab und konnte sich in Anbetracht der Größe und des Gewichts ihres Koffers ein Grinsen nicht verkneifen. Er hievte ihn neben seinen, wesentlich bescheideneren, in den Kofferraum. Und das alles für ein verlängertes Wochenende. Zu seiner Tante gewandt wollte er dann doch süffisant wissen: «Sind das die Badeanzüge, die den Koffer so schwer machen?»

«Sag, ist es nicht ein Jammer, dass ich nie hab gelernt das Schwimmen?! Und würde doch so gern wieder einmal das Meer sehen! Und im Übrigen: Wirst dich schon noch wundern, warum ich so einen großen Koffer mitgenommen hab für die Reise.»

Im Moment war Irma nicht sonderlich zum Scherzen aufgelegt. Vor lauter Aufregung musste sie sich immer wieder den Schweiß von der Stirne wischen. ‹Auch mit dem Parfum›, dachte Micha, ‹hat sie es heute ganz besonders gut gemeint.› Die Nervosität war ihr anzusehen, und so, als wollte sie sich dafür entschuldigen, meinte sie, als sie endlich auf der Autobahn waren:

«Schon eine Ewigkeit her, dass ich nicht mehr eine Ferienfahrt unternommen hab. Schön, dass du es hast ermöglichen können für deine alte Tante!»

‹Hätte ich denn eine Alternative gehabt?› dachte Micha und hoffte, dass die Tante schön friedlich bleiben und ihn in keine unbequemen Diskussionen verwickeln würde. Doch die Bedenken schienen unbegründet. Die Tante hatte vor allem das Bedürfnis zu reden, erzählte von ihren Frankfurter Freundinnen, die alle ein bisschen neidisch auf sie seien, wegen dieser Reise eben und auch weil sie einen so zuvorkommenden Neffen hätte. Und dass diese am Wochenende jetzt ohne sie einen Ausflug in den Taunus machten, was ihr sogar ganz recht sei, weil dann ja sowieso nur über die nicht mehr vorhandenen Ehemänner und eventuell noch über die inzwischen erwachsenen Kinder gesprochen würde. Zu beidem hätte sie keine Lust. Einmal in der Woche ein Bridgenachmittag sei genau richtig, mehr wäre nur schwer zu ertragen. Und gelegentlich ginge sie ins Kino oder zu einem Vortrag in das so genannte Nachtcafé für Ältere. «Aber da hat es ja nur lauter alte Leute!»

Nach einer kleinen Pause fragte sie: «Red ich zu viel? Du musst es mir sagen!»

«Überhaupt nicht», sagte Micha, und überlegte, wie sehr oder wie wenig gelogen der Satz jetzt gerade war. Immerhin war er höflich und schmeichelte der Tante, die langsam schläfrig wurde, bis ihr die Augen vollends zufielen.

«Früher», sagte die Tante, als sie schon südlich von Lyon das Rhonetal hinunterfuhren, «früher, da fuhren wir auf der alten *National 7* nach Süden, auf der schon die alten Römer fuhren, es ist die alte Ferienstraße der Franzosen, sogar besungen hat man sie, das war in meiner Jugend, kennst du das Chanson von Charles Trenet?»

‹Wer war Charles Trenet?› dachte Micha und verneinte die Frage. Da begann die Tante zu singen:

> «‹Nationale Sept
> *Il faut la prendre qu'on aille à Rome à Sète*
> *Que l'on soit deux trois quatre cinq six ou sept*
> *C'est une route qui fait recette.*›

Damals ging's nicht so flott wie heutzutage, stundenlang haben wir gesungen, dieses Chanson und viele andere, um uns die Zeit zu vertreiben. Es war eine schöne Zeit. Trotz alledem. Hab den Marcel jetzt bald zwanzig Jahre nicht mehr gesehen. Du erinnerst dich noch an den Gärtner? Er war die Seele von dem Park.»

Irma hatte sich abgewandt. Schaute auf die vorüberflitzende Landschaft.

«Ja, klar», sagte Micha. «Und wie! Der Marcel mit seinem ewigen Strohhut auf dem Kopf war in Ordnung. Für uns Jungs ein echter Kumpel. Bloß gut, dass du nicht immer dabei warst!»

Die Tante hob die Augenbrauen, wartete neugierig auf eine Erklärung.

«Na ja, als wir zum Beispiel zu fünft in seinem klapprigen 2 CV zu dem Flüsschen Gardon gefahren sind, um Forellen zu angeln. Höhlen hat er mit uns durchforscht und zum Boulespielen hat er uns mitgenommen und in die Geheimnisse dieses Spiels eingeweiht und hat uns anschließend im *Café des Sports* einen Pastis spendiert. Der erste Pastis meines Lebens! Und dazu hat uns der Patron des Ladens kleine schwarze Oliven serviert. Es hat schrecklich geschmeckt. Beides, die Oliven und der Pastis. Hätte mir nie im Leben träumen lassen, dass der mir irgendwann mal schmecken könnte. Und heute trink ich nichts lieber zum Aperitif als einen Ricard.»

«Dann musst du Marcel das sagen, er wird sich freuen.»

«Gute Idee. Ich werde ihm einen Ricard spendieren, und werd ihm dann sagen, wie schön die Ferien damals im *Prieuré* für uns waren. Vorausgesetzt natürlich, du nimmst ihn nicht völlig für dich in Beschlag.»

34

Plötzlich kommen die Erinnerungen, die auf sie einstürmen, über sie herfallen. Klara stand wie benommen, hielt die Augen geschlossen. Es sind die Gerüche, die die Bilder auslösen, es ist der warme Abendhauch, womit sich der alte Garten in die Nase und in das Herz Klaras schleicht. Damals, als sie mit elf, zwölf Jahren zum ersten Mal hierher gekommen war, konnte sie die Blumen und Gewürze noch nicht benennen, wusste sie nichts von Lavendel, von Rosmarin und Salbei, von Basilikum und Thymian oder den aromatischen Blüten des Ysop. Sie alle wurden in diesem Moment überdeckt vom herb würzigen Duft der dichten Buchshecken, die mit ihrem strengen Schnitt protzten. Zielstrebig ging Klara die Hauptallee unter den Schirmpinien am Wohngebäude mit seinem viereckigen Turm vorbei, der fast völlig von altrosafarbenen Bougainvilleen zugewachsen war und an dem noch wie einst die alte Sonnenuhr hing. Sie ging bis zu der Stelle, an der sich die beiden Hauptwege kreuzten. Der eine führt durch eine Rosenlaube zu einem kleinen Pavillon, der andere in ein lichtes Bambuswäldchen. Nichts also hatte sich geändert, zumindest hier nicht an dieser Stelle. Und noch immer führten von hier aus in den Rasen hinein neun Steinplatten aus ockerfarbenem Kalksandstein – von der Erde über die Hölle bis in den Himmel.

Klara bückte sich nach einem kleinen roten Scherben und warf ihn auf die Eins. Dann stemmte sie leicht ihre Arme in die Hüften und hüpfte auf einem Bein los, hob das Steinchen wieder und warf es auf die Zwei und hüpfte, hüpfte dann auf die Drei, um dann, zweibeinig und gleichzeitig auf der Vier und der Fünf zu landen. Um auszuruhen. Ein kleiner Triumph, es geht ja noch. Wer hätte das gedacht? Und prompt ging es eben auf dem Stein mit der eingemeißelten Sechs daneben. So leicht landet man nach so vielen Jahren der Abstinenz dann eben doch nicht im *Ciel*. Damals wusste sie noch nicht, dass *Ciel* Himmel heißt, sie dachte an Ziel, und wunderte sich, wieso man Ziel in Frankreich mit einem C schreibt. Klara stand leise lächelnd mit geschlossenen Augen auf dem steinernen Spiel, das Vidalenc, der Vater des damaligen Besitzers, für seine Enkelkinder hatte installieren lassen.

«*Viens, on va jouer à la marelle!*» Kein Ferientag hier ohne diese Aufforderung zum Hüpfen. Immer noch ging ihr dieser Vers, den sie, wer weiß, seit damals wohl nie wieder formuliert hatte, leicht von der Zunge.

> *«Le jeu de la Marelle*
> *Va de la terre jusqu'au ciel*
> *Entre la chance et le puits*
> *Tu reviens et c'est fini …»*

Klara trällerte vor sich hin, grinste über ihr Gehüpfe, ging weiter, mit jedem Schritt ein bisschen trauriger bei dem Gedanken, dass dies hier alles demnächst nicht mehr sein würde. Fast wie von selbst stand sie plötzlich vor dem alten eisernen Pavillon, mit Glasfenstern und einer Glastüre, der fast völlig von hell- und dunkelgrün gescheckten Efeu überwuchert war. Sie öffnete die Türe, wunderte sich, wie leicht und ohne Quietschen es ging. Noch immer scheint sich Tonton Marcel um alles zu kümmern, dachte sie, egal, ob jemand danach fragt oder nicht.

Doch sie wagte nicht, hineinzugehen. Erlaubte sich nur einen neugierigen Blick durch das Fenster. Ein runder Tisch mit Marmorplatte, drei Korbsessel, an der Rückwand ein Diwan mit Kissen und Polstern. Klara wollte lieber hinter den Pavillon. Unmittelbar dahinter stand noch immer an der völlig zugewachsenen Rückwand des Pavillons eine steinerne Bank. Sie setzte sich. Lehnte sich in Gedanken versunken zurück. Hier hatten sie sich heimlich getroffen, es war Michas Idee, gegen die sie nichts einzuwenden hatte. Und hier kamen sie sich näher, versuchten sich im Umarmen und im Küssen, erkundeten ihre Körper, brachten sich außer Atem und vergaßen die Welt. Aufgeschreckt dann von der Essensglocke überlegten sie rasch, wie sie es anstellen könnten, nicht ganz gleichzeitig und nicht aus derselben Richtung und doch irgendwie noch pünktlich durch den Park bis zur steinernen Außentreppe, die zum Hauseingang führte, zu gelangen. Klara lächelte bei dem Gedanken, dass, soweit sie sich erinnern konnte, es immer gut ging. Sie hatte die Augen geschlossen, saß zurückgelehnt und mit ein bisschen Wehmut eingetaucht in alte Erinnerungen. Ein paar Tränen kullerten über ihr Gesicht. Wegen der Erinnerungen, ganz sentimental, dann aber auch wegen der Anstrengung und den Aufregungen der letzten Tage. Und dann auch aus Ärger über die Hilflosigkeit, mit der sie zusehen musste, wie dieses Stück Land jetzt verhökert werden sollte. Jongliermasse zynischer Kalkulationen.

Plötzlich schreckte Klara hoch. ‹Um Gottes Willen!› dachte sie, ‹was war das?› Sie hörte Stimmen, die über den Kiesweg näher gekommen waren, sich jetzt bereits vor dem Pavillon befinden mussten. Sie hörte, wie die Türe geöffnet wurde. Dann waren die Stimmen im Raum. Ganz nah, direkt hinter der Wand. Sie hielt den Atem an, saß unbeweglich auf ihrer Steinbank, wusste nicht, was tun. Alle möglichen und unmöglichen Gedanken schossen ihr durch den Kopf. Sollte sie sich nicht doch besser zu erkennen geben? Aber wem würde sie begegnen? Sie wollte niemandem begegnen, wollte keine Erklärungen abgeben müssen, im Grunde hatte sie ja nicht mal das Recht, hier durch diesen Park zu spazieren. Klar, Marcel würde Partei für sie ergreifen, aber wäre er nicht ebenso verwundert, dass sie, ohne ihm Bescheid zu sagen, einfach hierher gekommen war? Noch wusste er ja nicht einmal, dass sie seinetwegen wieder heruntergefahren war, um ihn beim Bouleturnier anzufeuern, moralisch zu unterstützen. Heute Nachmittag war sie angekommen, hatte lediglich ihre Sachen ins Hotelzimmer gebracht, um dann gleich hierher zu kommen, um den Park noch einmal zu erleben, für sich allein, vielleicht ja schon zum letzten Mal. Klara hörte ihr Herz pochen. Es gab keine Lösung außer der, sitzen zu bleiben, die Luft anzuhalten und zu hoffen, dass die ungebetenen Besucher möglichst schnell wieder verschwinden würden. Und wenn es Eindringlinge waren wie sie? ‹Alles möglich›, dachte sie. Aber höchstwahrscheinlich waren es ja doch die Besitzer oder zumindest Bewohner aus dem *Prieuré*, die den Weg hierher fanden, wer sonst kennt denn auch dieses Refugium? ‹Oh Gott!› dachte sie, sie haben in den Korbsesseln Platz genommen. Was deutlich zu hören war, alles war zu hören, jedes Wort, fast jeder Schnaufer. Ein Mann und eine Frau, wohl eine ältere Frau und ein eher noch junger Mann. Und es dauerte nicht lange, da hatte Klara die Stimme der Frau erkannt. Irma Wohlebens tiefe Stimme war unverkennbar. Die Männerstimme kannte sie nicht. Doch nach ein paar Sätzen war ihr klar, wem sie gehören musste. Heiß und kalt lief es ihr den Rücken hinunter, die Hitze stieg ihr in den Kopf und ihr Herz schlug ihr bis zum Hals. ‹Das ist nicht möglich, das kann doch nicht wahr sein!›, dachte sie. Ungewollt würde sie mitkriegen, was drinnen gesprochen wurde. Alles in ihr wehrte sich dagegen und dennoch war sie unfähig, aufzustehen, einfach davonzulaufen oder, noch besser, eben mal in den Pavillon zu treten um «Hallo!» zu sagen. Sie spürte, wie sie in der Klemme saß und so unfreiwillig Zeugin eines Gesprächs wurde, in dem sie vorkommen sollte.

35

Irma Wohleben schien sich erst mal vom Weg hierher erholen zu müssen. Zumindest musste sie heftig schnaufen. Vielleicht aber war es auch eine Sache der Emotionen. Sie hatten sich an den Tisch gesetzt.

«Alles noch wie damals», sagte Micha, «findest du nicht auch? Da hat sich ja fast nichts verändert in den letzten zwanzig Jahren.»

«Der Marcel hat eben alles noch gut im Griff», meinte Irma Wohleben bestätigend, «ist ein anständiger Mensch, wie schon sein Vater damals einer gewesen war.»

Spätestens seit er entschieden hatte, mit seiner Tante hierher zu fahren, gingen Micha ständig die Erinnerungen an damals durch den Kopf. Und damit verbunden viele Fragen. Woher etwa sein Vater beziehungsweise seine Familie diese Familie hier in Südfrankreich kannte. Warum darüber nie gesprochen wurde. Und woher die vielleicht fünf, sechs anderen Kinder kamen, die mit ihm hier Ferien machten. Micha ergriff die Gelegenheit beim Schopf. Hier ist der richtige Ort für solche Fragen. Und Irma antwortete, als hätte sie dankbar nur noch aufs Stichwort gewartet.

«Pass auf! Du erinnerst dich: Unsere Familie kommt aus dem Elsass, aus Straßburg und ein Teil auch aus

Frankfurt. Aufgewachsen sind wir mit zwei Sprachen. Dein Vater war, wie du weißt, ein Textilkaufmann gewesen und ein Geschäftspartner von dem alten Besitzer hier im Priorat, der von dem hiesigen Unternehmen der PDG war, was bei den Franzosen *président-directeur général* heißt. Und die anderen Kinder kamen von zwei befreundeten Familien von deinem Vater, wo die Männer auch Kollegen waren, frag' mich nicht, woher sie kamen, ich hab's vergessen. Aber hör, was ich dir sagen will, ich hab's bis heut nicht fertig gebracht, es hat der richtige Moment gefehlt, ich hab's versucht, erst kürzlich, als wir Mittag gegessen haben, in Handschuhsheim, es hat nicht funktioniert, und auch nicht im Auto auf der Fahrt hierher. Aber hier will ich es tun, hier ist der Ort, wo die Geschichte hergehört, von der du bis heute keine Ahnung hast.»

Micha wagte nichts zu sagen, er spürte, dass der leicht pathetische Ton seiner Tante echt war, dass ihr das, was sie ihm jetzt sagen wollte, wichtig war. Irma Wohleben erzählte, holte weit aus. Erzählte vom Einmarsch der Deutschen in Paris. Ihr Vater, elsässischer Jude und Kommunist, war in den Untergrund gegangen, hatte bei Bekannten in Paris seine Frau samt den Kindern versteckt, wo sie irgendwann dann doch entdeckt wurden. Eine Nachbarin konnte die beiden kleinen Kinder in letzter Minute noch in Sicherheit bringen, genauer gesagt im Getränkekeller eines Bistros verstecken, bevor sie dann von der Heilsarmee eingesammelt und 1942 aus

Paris geschafft wurden, während Mutter und Vater mit einem Konvoi im Juni 1942 direkt nach Auschwitz deportiert wurden, wo sie im September umgekommen sind. Irma Wohleben schaute mit großem Ernst ihrem Neffen in die Augen.

«Ich will dir was sagen: Die Franzosen haben 75 000 Juden in die Lager deportiert und 12 000 davon waren Kinder gewesen. Hör zu: Bis zum heutigen Tag überweise ich jedes Jahr aus Dankbarkeit der Heilsarmee einen Geldbetrag. Sie hat uns das Leben gerettet. Und obwohl die Nazis Frankreich besetzt hatten, haben sie uns hierher in den Süden gebracht, wo wir hier in diesem *Prieuré* bei der Gärtnersfamilie mit ihren beiden Kindern gewohnt haben. Der Marcel ist, glaub ich, ein Jahr älter als ich und seine kleine Schwester war gerade erst auf der Welt, ein leichtes Leben hatten sie auch nicht, na ja, immerhin genug zu essen. Der Park war damals zum größten Teil ein Gemüsegarten gewesen, erst später hat Marcel ihn so hergerichtet, nach und nach, wie du ihn dann angetroffen hast in deinen Ferien. Du musst wissen: Marcels Vater war in der *Résistance*, in der echten, wenn du verstehst, nicht in der, in der nach dem Krieg plötzlich alle waren. Sozialist war er, und er hasste die Deutschen. Der damalige Besitzer des *Prieuré* wiederum war ein Fabrikant, Feinmechanik, frag mich nicht, ich glaube, sie haben Strickmaschinen produziert für die Textilindustrie, und er hat jüdische Familien vor der Deportation gerettet, aus Paris und Straßburg, hat sie mit gefälschten Pässen nach Portugal gebracht, andere wiederum hier unten in Südfrankreich versteckt. Und hier in diesem Priorat, was irgendwann mal ein Kloster mit einem Park gewesen war, da sind wir gelandet, waren in Sicherheit. Fast in Sicherheit. Weil einmal hat es einen Zwischenfall gegeben, wo niemals wieder einer ein Wort darüber verloren hat. Und für uns Kinder war es ein Schock gewesen. Dein Vater, ich weiß, konnte nie mit euch darüber sprechen. Einmal hat es auch die Gewalt gegeben, und hier in diesem Park ist ein Mensch umgebracht worden, was manche hier vielleicht noch wissen, was aber nie einer wissen wollte und noch weniger sagen wollte. Es war so: Da war ein fremder Mann gekommen, wo ich gespielt hab in dem Garten hinter der Remise, was so ein Schuppen für Geräte war. Und hat mich gefragt, wo mein Bruder ist und hat mich gepackt und hinter den Schuppen gezerrt, wo es schon ganz dunkel war und hat mich dort auf so einen Stapel mit Holz gepresst, hat geflucht und gekeucht und hat immer wieder gesagt: «*sales juifs*», was ich nicht verstanden hab zur damaligen Zeit, und er hat mir die Kleider vom Leib gerissen und sich auf mich geworfen – ich seh noch das Gesicht, das mich anschaut, was nicht von einem Menschen war, sondern von einem Ungeheuer, und dann ist Baptistin gekommen, der Vater von Marcel und hat sich auf den Kerl gestürzt, hat ihn weggezerrt von mir und sie haben gekämpft, haben sich gewälzt am Boden, und ich hab mir vor Angst die Hände vor die

Augen gehalten, wollte nichts sehen und hab gehört, wie der Unmensch Baptistin bezwingen wird, wie er ihm die Gurgel zudrücken will, als plötzlich jemand aus der Remise kommt und ich hab einen Schlag gehört mit einer eisernen Stange auf den Kopf von dem Unmensch, dass er ist zur Seite gefallen und hat sich nicht mehr gerührt. Und weil es dunkel war und ich verschreckt und wie gelähmt war, hab ich nicht begriffen, wer da gekommen war und gleich wieder weggerannt war. Baptistin hat gleich begriffen, was geschehen war und war aufgestanden, hat mich in den Arm genommen und ist mit mir ins Haus gegangen und in die Küche, wo Emilie hinter Marcel stand, der am Tisch saß und fürchterlich geheult hat.»

Irma Wohleben musste eine Pause einlegen, zitterte vor Erregung und holte Luft. Sie schaute Micha an.

«Jetzt weißt du alles, alles, was ich weiß. Aber das ist, gottlob, nur ein Teil von der Geschichte. Dein Vater und ich, wir haben hier im Gärtnerhaus gewohnt. Das war fast fünfzig Jahre, bevor du hierher in die Ferien gekommen bist. Dieser alte Garten, mit den Mauern drum herum, die schon in der damaligen Zeit über und über bewachsen waren mit dem Efeu, dieser Garten war unser Paradies, hier haben wir gelebt. Zusammen mit noch ein paar anderen Kindern, wo keine Eltern mehr hatten, und mit Marcel, dem Sohn von Baptistin, dem Gärtner. Wir haben gespielt, ohne dass wir was gewusst haben vom Krieg in der Welt. Wir haben den Geräteschuppen durchstöbert, in dem ein Holzkarren stand, der mit Bütten und Eimern vollgestapelt war, in dem es nach Stroh gerochen hat und Karrenschmiere, und aus dem wir nie wieder herausgekommen sind ohne Reste von Spinnweben in dem Haar. Dort hat der Vater von Marcel alle die Knollen und die verschiedenen Samen in einem großen alten Holzschrank mit vielen Schubfächern gelagert. Und dort hat seine Frau Emilie das Eingemachte aufbewahrt für den Winter, Gänsefleisch, Pasteten, Kastanienmarmelade und Quittenbrot, wo auch ganze Zöpfe hingen von lila-weißem Knoblauch. Und wir sind auch in den Keller vom Priorat hinuntergestiegen, welcher ganz feucht war und ein Gewölbe wie ein Labyrinth, und überall lagen Flaschen, versteckt unterm Staub von einer langen Zeit. Oder wir haben den Dachboden erforscht, in dem es wohlig warm war, und in dem am Firstbalken die Fledermäuse gehangen sind. Das, Micha, war damals unser ganz normales Leben gewesen, noch Stunden könnt ich dir erzählen von dieser Zeit, während draußen der Krieg getobt hat, und in den Lagern sie die Menschen umgebracht haben, und wir durften leben in unserem Paradies. Eine verrückte Welt. *Le paradis*! So hat es bei den Leuten im Dorf geheißen und so heißt es noch heute. Ein Paradies, aus dem wir nicht vertrieben wurden, sondern in das uns die Hölle vom Holocaust hineingetrieben hat. Hier also haben wir überlebt, hat dein Vater und ich und noch ein paar Kinder mehr überlebt, bis die Alliierten gelandet sind in der Normandie. Und dann sind wir noch ein Jahr geblieben, wo ich dann zum ersten Mal im Leben das Meer gesehen hab. Das Meer! Was hab ich geliebt das Meer!»

Irma Wohleben hatte sich erhitzt, musste zuerst wieder Luft holen, sich etwas beruhigen. Sie lehnte sich in ihrem Sessel zurück, schaute auf Micha und sagte: «Verstehst du?»

«Ich bin froh, dass du mir das erzählst», sagte er langsam. «Ich begreif' wirklich nicht, warum wir das nicht längst alles wissen. Manches hat man ja vielleicht geahnt, hat sich dann aber nicht getraut, nachzufragen. Schade eigentlich.»

«Jetzt weißt du, was mich mit diesem Garten verbindet. Und jetzt verstehst du hoffentlich, warum ich dir das alles erzählt hab. Denn ich will nicht, dass Marcel, der Sohn von Baptistin, dem Gärtner, der uns unser Leben gerettet hat, dass Marcel nach allem, was gewesen ist, jetzt auf seine alten Tage noch aus dem Paradies vertrieben werden soll. Also hab ich einen Beschluss gefasst, dass ich das *Prieuré* kaufen werd, mitsamt seinem Park. Punkt.»

Irma hatte gesprochen. Für ein paar Sekunden herrschte Schweigen im Pavillon. Micha schaute irgendwie entgeistert. «Was hast du?», fuhr es aus ihm heraus.

«Lass mich ausreden! Morgen um zehn werden wir

beim Notar sein, um einen Kaufvertrag zu unterzeichnen, dein Onkel in Straßburg hat bereits veranlasst, was nötig ist. Er hat mir einen ganzen Packen mit Papieren hierher geschickt. Und hat auch einen Termin beim Bürgermeister gemacht, mit dem ich mindestens eine Stund telefoniert hab, bis er endlich begriffen hat, dass es kein Witz war. Ich hab ihm gesagt, dass das Ganze eine Stiftung für Kinder geben wird, die in Not gekommen sind. Wenn du willst, wirst du hier dein Kinderheim einrichten. Und Marcel wird der Gärtner bleiben, so lange er noch kann und das will. So, du verstehst jetzt, dass es mir wichtig war, dass wir hierher gefahren sind.»

Schweigen im Pavillon. Ungläubig und immer noch völlig baff schaute Micha auf seine Tante. Irma lächelte.

«Komm! Jetzt sag schon was!»

«Das, das kommt etwas unerwartet. Die Geschichten, die du hier erlebt hast, von denen ich bis heute keine Ahnung hatte und dann deine Pläne. Träum ich oder ist das jetzt alles ernst, was du mir da gerade gesagt hast?»

«Wie? Willst du zweifeln an dem, was ich sag?»

«Nein, natürlich nicht. Aber …, das kam jetzt schon etwas heftig, damit habe ich nicht gerechnet.»

«Gut, weißt du, es war gut, dass du mir von deinem Projekt mit einem Erholungsheim für kranke Kinder erzählt hast. So ist dem Marcel geholfen und deinem Projekt und den Kindern. Und gut, dass diese Frau mich angerufen hat, von der ich alles erfahren hab, das mit dem Verkauf von dem *Prieuré* mitsamt dem Park. Bei ihr will ich mich erkenntlich zeigen. Ohne sie wäre alles nicht passiert, dann hätte ich das alles nie erfahren und wir wären nicht hierher gekommen und es wär gar nicht zu dem Kauf gekommen.»

«Welche Frau?» wollte Micha wissen.

«Sie ist eine von den Kindern, die auch hier gewesen waren in den Sommerferien, wirst dich wohl nicht mehr an sie erinnern, ihr Buben habt euch noch nicht um die Mädchen gekümmert, na ja, sie hat Klara geheißen und heißt heut ja immer noch so, ich weiß aber nicht, wie weiter. Sie ist eine Reporterin geworden oder so etwas, und hat mir ihre Telefonnummer gelassen, so dass ich gelegentlich mich bei ihr melden werd.»

Irma Wohleben hatte sich zurückgelehnt, schaute auf ihren Neffen und sagte:

«Nu, was sagst du zu der Sach'?»

Aber Micha sagte noch gar nichts. Bei der Erwähnung von Klaras Namen spürte er, wie ihm blitzartig die Hitze in den Kopf gestiegen war. Es hatte ihm die Sprache verschlagen. Dann, nachdem beide eine lange Zeit schweigend da saßen, stammelte er: «Ich kann es immer noch nicht ganz begreifen. Das klingt alles viel zu schön, um wahr zu sein!»

«Ist es aber. So, und jetzt hilf deiner alten Tante aus dem Sessel, dass du sie in den Arm nehmen kannst, wie es sich gehört.»

Er hielt sie lange in seinen Armen, dankbar und ohne

den leisesten Anflug von Peinlichkeit. Nachdem er sie dann wieder losgelassen hatte, nahm Irma ein Taschentuch und wischte sich ein paar Tränen aus den Augen. Micha versuchte seinerseits, den Anflug von Verlegenheit mit leiser Ironie zu meistern: «Dass du nicht ganz arm bist, war mir schon klar. Dass du aber genug hast, um gleich das Paradies zu kaufen, hätte ich dann doch nicht erwartet.»

«Über Geld redet man nicht, Geld hat man», meinte Irma Wohleben auf ihre witzig schnoddrige Art. «Lass uns gehen», sagte sie und wandte sich zur Tür. «Wirst Hunger haben nach der langen Fahrt.»

36

Die beiden verließen den Pavillon, marschierten langsam den Kiesweg zurück, nichts von der Zeugin dieser Begegnung ahnend, die noch immer wie versteinert auf der Bank hinter dem Pavillon saß und nicht glauben konnte, was ihr da unfreiwillig zu Ohren gekommen war.

Klara hatte die Ellenbogen auf die Knie gestützt und ihr Gesicht in die Hände gelegt. So saß sie eine Ewigkeit, immer noch die Geschichte der Irma Wohleben im Ohr. Dann stand sie auf, ging um den Pavillon herum, öffnete die Tür und trat ein. ‹Chanel No. 5›, dachte sie und musste schmunzeln. Sie nahm in einem der Sessel Platz, dann aber zog sie den Diwan vor. Mit angezogenen Knien saß sie jetzt gegen dieselbe Wand gelehnt wie zuvor, nur eben von der anderen Seite. Saß in die Kissen versunken und ließ sich fallen, ließ ihren Gedanken freien Lauf. Von beiden Besuchern des Pavillons hatte sie noch die Stimmen im Kopf, versuchte, sich dazu Gesichter vorzustellen. Und ließ es wieder bleiben. Und hätte doch so gerne gewusst, wie er heute aussieht, ihr alter Ferienfreund, ihre erste Liebe. Immerhin: Seine Stimme war angenehm, Bariton, hatte etwas Beruhigendes. Und sie fragte sich wieder und wieder, wie das denn sein kann, dass es so kam, wie es jetzt ist oder zumindest den Anschein hatte. Claude-Henri Lagarde fiel ihr ein, und was er wohl sagen würde, wenn er das wüsste. An seine Labyrinthphilosophie musste sie denken und zugeben, wie Recht er doch hatte! Und ihr wurde bewusst, dass der Weg durch das Irrgartenlabyrinth ja längst noch nicht zu Ende war, dass dieser Weg ja weiterging, ihr also wieder und wieder Entscheidungen abverlangen würde.

Könnte es also wirklich sein, dass dieser Park gerettet ist? Dass sie das letztlich erreicht hat? Verdammt! Das wäre … Klara fiel kein passendes Wort ein. Die Frage ist, was Dr. Micha Wittenberg, ihre Jugendliebe, daraus machen würde. Wäre das dann in ihrem Sinn? Und dann auch im Sinn von Marcel? Immerhin: Eine Stiftung für ein Rehabilitationszentrum oder ähnliches ist keine *Disneylandisierung*. Sie mochte dieses Wortungetüm, weil es fast so schrecklich war wie die Vorstellung, die sie damit verband. Kinder dagegen, die hierher in diesen Park kommen, um gesund zu werden, das hätte was. Kinder in diesem Park, das hätte vor allem Tradition.

Klara, so vor sich hinträumend und immer noch ziemlich geschafft von der unfreiwilligen ‹Sitzung› auf der Steinbank, hatte ihren Kopf gegen ein Polster gelehnt, schloss die Augen und versuchte, Ordnung in das Chaos ihrer Gedanken zu bringen. Vielleicht war sie ja auch ein bisschen eingeschlafen.

Inzwischen war es Nacht geworden, ein halber Mond stand am Himmel und hüllte den Park in ein kühles, silbern-weißes Licht.

37

Nach einem kleinen Abendessen im Hotelrestaurant war Irma Wohleben müde, mitgenommen von der langen Autofahrt und den Gesprächen und wollte schlafen gehen. «Du wirst auch müde sein», meinte sie zu ihrem Neffen, als sie sich eine gute Nacht wünschten. Kaum war Micha in seinem Hotelzimmer, da wusste er, dass er nach allem, was war, noch nicht schlafen konnte. Er musste noch einmal raus, den Kopf durchlüften, durchatmen, Gedanken sortieren. Als er auf der Straße stand, nahm er verwundert das südländische Treiben wahr: Überall waren an diesem milden Sommerabend die Menschen noch auf der Straße, Pärchen schlenderten über den Gehweg oder saßen in den Straßencafés, Familien flanierten mit Kindern an der Hand, Großmütter bugsierten Kinderwagen, Jugendliche standen in Grüppchen unter den Platanen, parlierten, lachten und alberten herum. Als er an den kleinen Platz kam, das eigentliche Zentrum, spielten die Alten genau wie damals ihr Boulespiel, Arme auf dem Rücken, einen Lappen und eine Kugel in der Hand. So beobachteten sie, kommentierten, schimpften oder hielten – je nach dem – auch schadenfroh grinsend den Mund. Eben wie damals, dachte Micha, bloß dass jetzt Strahler da oben in den Kronen der Platanen aufgehängt waren, die den Platz schön gleichmäßig ausleuchteten. Micha zögerte, wer weiß, dachte er, ob nicht Marcel ... Und würde er ihn wieder erkennen? Oder dieser ihn? Lieber nicht heute Abend, heute lieber keine Begegnungen mehr, erst mal verdauen, was war. Er wanderte weiter, entfernte sich vom Ortskern, eine Zeitlang gefolgt von einem traurigen Köter, ging ziellos und war doch fast magisch angezogen vom großen, schwarz lackierten Portal, dem Eingang zum Park des Priorats. So wie er es verstanden hatte, war das Priorat zur Zeit unbewohnt und das Gärtnerhaus lag ganz auf der gegenüberliegenden Seite. Nirgends waren Lichter zu sehen, das Tor nicht verschlossen. Sollte er hineingehen? Micha zögerte, aber nur kurz, dann bereits war er eingetreten und hatte das Tor hinter sich wieder geschlossen. Er erinnerte sich sofort wieder an die verschiedenen Wege, nahm die Allee zum Hauptgebäude, ging dann weiter zu dem langen schmalen Wasserbecken, links und rechts davon standen noch immer die blumengeschmückten Amphoren. Ob es immer noch Fische gab, war bei der Dunkelheit nicht zu erkennen. Er ging links hinter dem Wasserbassin den Weg weiter und kam so zu den in den Rasen eingelassenen ‹Himmel-und-Hölle-Steinplatten›. Alles noch wie damals, dachte er, lächelte, betrat sie, langsam, eine nach der anderen, machte auf jeder Platte eine kleine Pause, kehrte aber auf halbem Weg wieder um. Nein, er würde jetzt die Hölle nicht überspringen, um so im Himmel zu landen. Er kehrte um, ging ein Stück Wegs zurück bis zum Rosenspalier, durch das der Weg zum alten Pavillon führte. Langsam ging er über den feinen Kies, der heute wie damals von den Rechenzinken seine Struktur erhielt, was sogar jetzt im Mondlicht zu erkennen war. ‹Marcel hat eben alles im Griff›, dachte Micha im Weitergehen und blieb plötzlich vor Schreck stehen. Jemand stand unter der offenen Tür des Pavillons, an den Türrahmen gelehnt. Seine Augen versuchten vergeblich, die Person zu erkennen. Einzig die Umrisse einer zierlichen Gestalt konnte er wahrnehmen. Und diese Gestalt, gegen den Türrahmen gelehnt, sagte, wie aus heiterem Himmel: «*Sapperlipopette!*»

Micha blieb stehen, stutzte verblüfft und wiederholte automatisch, als handelte es sich um ein vereinbartes Losungswort: «*Sapperlipopette.*» Und fügte fassungslos noch hinzu: «Das gibt's doch nicht!»

«Willkommen Micha! Willkommen in deinem Park!»

Inzwischen war diesem relativ klar, wer ihm da gegenüberstand: «Klara?»

Sie gingen aufeinander zu, zögerten, unmerklich nur, und fielen sich in die Arme. Und blieben lange so stehen. Sie spürten, wie ihre Herzen pochten, schauten sich an, fassungslos. Wussten nicht, wie ihnen geschah. Und hielten sich fest umschlungen. Klara hatte den Kopf an Michas Schultern gelegt, die Augen geschlossen. Langsam lösten sie sich. Dann, und wie auf Geheiß, gingen sie in den Pavillon, ohne den Blick vom andern zu wenden, blieben wieder stehen, Micha hatte Klara erneut in die Arme geschlossen, schüttelte ungläubig den Kopf. «Meine erste große Liebe!», sagte er leise, drückte Klara fest an sich, bis diese leise meinte: «Hilfe! Ich krieg keine Luft mehr.» Dann steuerten sie geradewegs auf den Diwan zu, und ließen sich in die Kissen fallen. Keiner konnte den Blick vom andern wenden, sie streichelten sich, Micha hielt mit beiden Händen Klaras Kopf, küsste ihr Haar, dann die Stirn, ihre Wangen und flüchtig die Lippen. Klara spürte den warmen Atem in ihrem Nacken. Sie suchte seinen Blick. «Deine braunen Augen habe ich damals schon bewundert», flüsterte sie und fuhr mit ihrer Rechten durch sein wuscheliges Haar. «Sie haben mich damals schon verzaubert.» Mit zärtlichen Küssen quittierte Micha ihr Geständnis, während Klara ihre Arme um seinen Körper legte. Sie küssten sich immer hungriger, immer leidenschaftlicher.

«Stopp!», flüsterte Klara leise. Micha gehorchte, fuhr ihr sanft durchs offene Haar. Klara lächelte.

«Der Zopf ist ab», sagte sie.

«Stimmt. Und aus dem süßen kleinen Mädchen mit den Sommersprossen wurde eine wunderschöne Frau», sagte Micha. Klara betrachtete ihn mit musterndem Blick.

«Und aus dem Jungen mit dem blonden Flaum auf den Wangen wurde ein Bassbariton mit unsanften Bartstoppeln.» Micha hob verunsichert die Augenbrauen. Klara beruhigte lächelnd: «Macht aber nichts!», und schlang erneut ihren Arm um seinen Hals. Wieder lagen sie lange eng umschlungen. Endlich lösten sie sich und Micha stützte den Ellenbogen auf, hielt den Blick auf Klara gerichtet und meinte: «Verrückt! Völlig verrückt, findest du nicht? Ein Traum, ein völlig verrückter Traum.»

«Du hast Recht, schon nicht ganz alltäglich. Aber kein Traum, Micha, es ist ganz und gar wirklich.»

«Wunderst du dich denn gar nicht, dass ich hier bin?» wollte Micha wissen.

«Und du, wunderst du dich denn gar nicht, dass *ich* hier bin?» erwiderte Klara.

«Einerseits schon, andererseits auch wieder nicht, nach dem, was ich von meiner Tante erfahren habe, mit der du ja telefoniert hattest.»

«Ich weiß», sagte Klara, «sie hat es dir heute ja erzählt.»

Micha schaute verwundert.

«Ich muss dir etwas gestehen», sagte Klara.

«Nachdem ich angekommen war, hatte ich mir vorgenommen, gleich hierher in den Garten zu gehen, um ihn noch einmal zu erleben. Vielleicht ja, wer weiß, zum letzten Mal. Also bin ich alle Wege noch einmal abgelaufen, hab keinen ausgelassen, bin von der Erde über die Hölle bis in den Himmel gehüpft.»

«*A la marelle?*»

«Hallo! Du erinnerst dich noch?»

«Na klar! Jeden Morgen seid ihr doch nach dem Frühstück rausgerannt. ‹*Viens, on va jouer à la marelle!*›»

Klara lachte. «Genau so war's. Und ihr Jungs habt euch über uns lustig gemacht.»

«Erzähl weiter!»

«Also kam ich natürlich auch hierher, bin aber nicht in den Pavillon hineingegangen, sondern hab mich auf die Bank dahinter gesetzt. Erinnerst du dich noch an diese Bank?»

Ein Lächeln huschte über Michas Gesicht: «Mein Gott, war ich verliebt!»

Klara lächelte und errötete: «Fast so sehr wie ich! Ja, und deshalb wohl saß ich also dort völlig in Gedanken versunken auf ‹unserer› Steinbank. Das war so gegen fünf Uhr. Und jetzt kannst du dir den Rest selber vollends zusammenreimen. Es gab kein Zurück. Du bist mit deiner Tante zum Pavillon gekommen. Und ich war dahinter gefangen, unfähig zu reagieren. Und musste mir euer Gespräch mit anhören, unfreiwillig.»

Wie im Zeitraffer jagte das Gespräch durch Michas Kopf. Mit Erleichterung schaute er auf Klara: «Um so besser», meinte er, «dann kann ich mir jetzt ja viele Erklärungen und Details ersparen. Dabei hab ich, wenn ich's mir recht überlege, eigentlich nur Fragen. Ich sitze hier nach fast zwanzig Jahren mit meiner ersten großen Liebe so, als ob wir uns gerade mal ein paar Tage nicht gesehen hätten, wir liegen uns in den Armen, so selbstverständlich, so vertraut, als wäre seither nichts gewesen – ist das nicht total verrückt?»

«Stimmt, wir wissen überhaupt nichts voneinander»,

sagte Klara, und fügte mit einem Fragezeichen hinzu: «Außer dem, was im Internet steht?»

«Stimmt!», sagte Micha, «aber über dich weitaus mehr als über mich. Ich habe deine Reportagen gelesen. Die Begeisterung, mit der du deine Themen gestaltest, sie springt einem förmlich aus jeder Zeile entgegen. Mit viel Liebe zum Detail. Und zum Teil ganz schön forsch, selbstsicher. Irgendwie, hab ich mir gedacht, ist es die Feder eines glücklichen Menschen. Stimmt's?»

Klara lächelte. «Wer weiß? Ich mach meine Arbeit ausgesprochen gerne. Aber hat nicht jeder auch eine andere Seite?» Dabei dachte sie an die eher unerfreuliche Beziehung zu ihrem Berliner Freund.

«Doch wenn dieser Park wirklich gerettet werden könnte, dann wär ich wahrscheinlich wirklich glücklich», fuhr Klara fort. «Irgendwie kann ich es noch gar nicht glauben.»

«Und doch bist du es ja gewesen, die alles angezettelt hat, wenn ich's richtig verstanden habe», sagte Micha, «ohne dich wären wir jetzt nicht hier.»

Klara lachte. «Schenkst du mir diesen Satz?»

«Wie? Was meinst du?»

«Er ist wunderbar! ‹Ohne *dich* wären *wir* nicht hier.› Umwerfend!»

«Du machst dich über mich lustig», meinte Micha, «dabei bist *du* umwerfend!»

Er kippte Klara zurück in die Kissen. Sie ließ es geschehen. Ihre Blicke trafen sich wieder, verweilten, blieben ineinander verhakt und hatten sich bereits in ihren Herzen verankert. Lange lagen sie so, schauten sich an. Michas Blick hatte sich in den feinen Fältchen von Klaras Lächeln verfangen. «Du bist wirklich umwerfend», sagte er. Klaras Blick verschleierte sich.

«Und du bist müde», fügte er leise hinzu.

«Es ist sicher schon spät», sagte sie.

«Halb zwei. Aber egal.»

«Egal?»

«Wenn wir jetzt durch den Park schleichen und durch den Ort bis zum Hotel, ist das doch weit umständlicher, als wenn wir vollends hier bleiben, bis es wieder tagt.»

Klara schien zu müde zum Nachdenken oder gar zum Widerspruch. Micha hatte die Decke vom Fußende aufgeschlagen und über Klara gelegt.

«Und du?» wollte sie wissen. «Komm, sie reicht für uns beide.»

Klara war schnell eingeschlafen. Bei Micha dauerte es viel länger. Er getraute sich kaum, sich zu rühren, um ja die zierliche Person neben sich nicht zu stören. Aber mehr noch herrschte in seinem Verstand und seinem Herz ein Gefühls- und Gedankendurcheinander. Bis er dann doch irgendwann eingeschlafen war. Und bald schon wieder wach wurde, fast gleichzeitig mit dem ersten Vogelgezwitscher. Neben ihm Klara, friedlich schlummernd. Immer noch fiel es ihm schwer, zu begreifen, was in den letzten 24 Stunden alles passiert war.

Fast hätte er seiner Tante einen Korb gegeben. Dann fiel ihm sein Freund Max ein. Der Mann mit dem Riecher, mit dem sicheren Instinkt. Oder wie soll man das bezeichnen?

Was würde der jetzt wohl sagen, wenn er ihm diese Geschichte auftischen würde? Und was wohl, dachte er plötzlich, was wohl würde seine Tante zu dieser Situation hier jetzt sagen?

Vielleicht waren es die ersten Sonnenstrahlen, die in den Baumwipfeln des Parks ankamen, vielleicht waren es aber auch die Kirchenglocken, die pünktlich um sechs Uhr in der Früh mit ihrem Geläut den Tag begrüßten: Klara hatte die Augen aufgeschlagen, lag so eine Weile, ohne sich zu rühren, mit einem Lächeln auf den Lippen.

«Geht es dir gut?», fragte sie leise.

«Wie im Paradies», antwortete Micha und gab ihr einen Kuss auf den Mund.

«*Le paradis*», flüsterte sie.

«Stimmt, daran hab ich ja gar nicht gedacht. *Le paradis*!»

Plötzlich fuhr Micha erschrocken hoch. «Ich fürchte, wir sind nicht allein im Paradies.»

Entfernt waren Schritte auf dem Kies zu hören. Ein Blick aus dem Fenster genügte. Irma Wohleben spazierte gemächlich mit Stock und Sonnenhut wie eine Sommerfrischlerin durch den Park. ‹Senile Bettflucht›, schoss es Micha durch den Kopf.

«Woher kennt sie den geheimen Eingang?»

«Wer weiß, vielleicht war das Tor nicht verschlossen.»

«Stimmt! Um Gottes Willen! Und jetzt?» Micha wirkte leicht panisch.

«Jetzt bist du dran», meinte Klara.

«Wie? Was meinst du?»

«Dass du jetzt auf die Bank kommst. Klara schaute Micha grinsend und dabei so entschieden an, dass dieser keinen Widerspruch wagte. Zum Diskutieren blieb keine Zeit, wenn sie nicht Gefahr laufen wollten, dass Irma Wohleben sie hier zu zweit antraf. Also tat Micha, wie ihm geheißen, und stieg durchs rückwärtige Fenster aus dem Pavillon und landete so auf der Steinbank, die auch in ihm durchaus noch Erinnerungen hätte wachrufen können, wäre da nicht der Schreck gewesen, der jeden anderen Gedanken sofort in den Hintergrund drängte. Klara verschloss das Fenster hinter Micha, setzte sich eingehüllt in die Decke auf das Sofa.

Als Irma Wohleben den Pavillon betrat, blieb sie mit offenem Mund auf der Türschwelle stehen. Dann stotterte sie: «Pardon Madame, mais …, je ne savais pas …»

Klara begrüßte sie auf Deutsch mit einem freundlichen «Guten Morgen!»

«Haben Sie mich aber erschreckt! Ich bitte um Entschuldigung, aber ich wusste gar nicht, dass hier jemand wohnt.»

«Sie sind Frau Wohleben, vermute ich. Wollen Sie sich

nicht setzen?» Jetzt war Irma Wohleben erneut höchst verblüfft, ließ sich auf einen der beiden Sessel fallen und schaute neugierig auf Klara.

«Woher kennen Sie mich? Oder kennen wir uns?»

«Wir haben erst vor ein paar Tagen miteinander telefoniert. Ich hatte ihnen erzählt, dass das Priorat verkauft werden soll.»

Damit hatte Irma Wohleben nicht gerechnet. Verwirrt schaute sie auf ihr Gegenüber, meinte dann erstaunt: «Dann, dann sind Sie also die Klara?»

Immer noch steckte der alten Frau sichtlich der Schreck in den Gliedern.

«Ja, ich bin die Klara. Es ist fast zwanzig Jahre her, dass wir uns hier schon einmal und sogar immer wieder gesehen haben.»

«Die Kleine, die den blonden Zopf gehabt hat», fuhr Irma Wohleben fort. «Verrückte Welt!»

«Schön, dass Sie auch zu Marcels Bouleturnier gekommen sind», sagte Klara, und war gespannt, wie Irma Wohleben reagieren würde.

«Was werd ich! Wegen ein paar eisernen Kugeln, die sie werfen! Wo denken Sie hin junge Frau! Ich sag Ihnen, warum ich gekommen bin. Weil ich den Park und die Gebäude werde kaufen, die einst ein Priorat waren, egal. Mein Neffe wird daraus ein Zentrum machen für kranke Kinder. Sie werden sich nicht mehr an ihn erinnern. War noch ein kleiner Bub damals, als er hier gewesen war. Er ist jetzt ein Arzt für Kinder, hat viel geforscht, über Skoliose, was eine Geißel für die kranken Kinder ist. Was soll ich machen? Hab selbst keine Nachkommen gekriegt, hab nur die beiden von meinem Bruder, der schon vor langer Zeit verstorben ist. Sind gute Kinder, meine Nichte ist in Amerika, hat einen Franzosen geheiratet, welcher bei der Uno arbeitet, und mein Neffe eben lebt in Heidelberg. Ist ein Arzt geworden. Jetzt muss er noch eine gute Frau finden. Hat eine gehabt, welche gestorben ist vor ein paar Jahren, bei einem Unfall. Eine traurige Geschichte! Aber es hat vielleicht so sein sollen. Zum Glück haben sie keine Kinder gehabt.»

Irma Wohleben schien Klara vergessen zu haben. Immer weiter holte sie aus, immer mehr erzählte sie, dachte nach, sinnierte und redete, sprach plötzlich von einem Engel, der sie aufgefordert hätte, ihr Leben in Ordnung zu bringen; und von einem Pfarrer, mit dem sie sich dann lange unterhalten hätte, über Gott und die Welt, und der gute Gedanken geäußert hätte, dass man trotz alledem versuchen müsse zu versöhnen, das, was gewesen ist, mit dem, was ist und was neu noch kommen wird, so wie das in einem Garten passiert und überhaupt in der Natur, und dass das doch schöne Gedanken seien. Und so sei ihr Marcel eingefallen, und die Jahre, wo sie hier als kleines Mädchen versteckt überlebt hat. Und dass sie sich überlegt hätte, wie sie Marcel gegenüber Dankbarkeit zeigen könnte, weil sie es seinem Vater gegenüber viel zu wenig gezeigt hätte. Was ihr leid tue.

Aber in dem Moment hätte sie, gottlob! dann von ihr, Klara, erfahren, dass Marcels Reich, sein Lebensmittelpunkt, verkauft werden soll.

Irma Wohleben hatte sich jetzt wieder direkt an Klara gewandt:

«Hören Sie! Wenn das nicht ein Zeichen des Himmels gewesen war!» Und als müsste sie sich erneut daran erinnern, fügte sie wie beiläufig hinzu:

«Mit dem ich im übrigen nichts im Sinn habe, obwohl, nun gut, man weiß ja nie.»

Irma Wohleben hatte sich erhoben.

«Jetzt hab ich Ihnen viel erzählt, und jetzt muss ich mich beeilen. Mein Neffe wird sich beunruhigen, wenn ich nicht rechtzeitig da sein werde zum Frühstück im Hotel. Um zehn Uhr werden wir zum Notar gehen.»

Auf der Türschwelle wandte sie sich noch einmal um: «Und Sie? Jetzt hab ich mit keinem Wort mich erkundigt nach Ihnen. Werden Sie noch bleiben ein paar Tage?»

Klara lächelte. «Am Wochenende ist doch das Bouleturnier. Schon Marcel zuliebe werde ich da sein.»

«Das ist gut», sagte Irma Wohleben, blieb aber unschlüssig stehen, so, als wäre da noch etwas, was sie loswerden wollte, bevor sie endlich gehen konnte. Unvermittelt fragte sie: «Können Sie sich noch erinnern an meinen Neffen?»

Klara überlegte sekundenschnell, was sie antworten könnte – was dieser Frau und was dem Lauscher hinter der Wand. Spontan meinte sie: «An Micha? Ja, durchaus und sehr gerne. Wir haben uns richtig gut verstanden.»

Irma Wohleben schaute unentschieden. Nach einigem Zögern meinte sie: «Dann, dann werdet ihr euch also wieder begegnen.»

Mit diesen Worten hatte sie sich dann auf den Rückweg gemacht. Klara hatte die Türe geschlossen und schaute ihr nach. ‹Das kann wirklich gut sein›, dachte Klara, und musste den Kopf schütteln. Diese Frau also würde das Paradies kaufen. Langsam erschien Michas Kopf hinter dem Fenster. Klara wandte sich um, öffnete das Fenster und lachte los: «Ich glaub, ich bin im Kasperltheater.» Micha meinte lapidar: «Noch Fragen?»

«Na klar!» sagte Klara strahlend.

«Als da wären?»

«Wie gedenkst du noch vor deiner Tante ins Hotel zu gelangen?»

38

Wie immer wurde der *Grand Concours de Boules* vom örtlichen Bouleverein *La boule sans pareille* organisiert. Bereits am Vormittag hatten die Ausscheidungskämpfe begonnen. Auf allen Bahnen wurde gespielt. Gegen Mittag bereits konnte man ahnen, wie der Hase läuft und wie sich die Spreu vom Weizen trennt.

Die Platanen spendeten Schatten, die Umstehenden Spott oder Lob, je nachdem. Man staunte, feixte, fluchte und triumphierte. Am Schiedsrichtertisch lieferten die Parteien ihre Ergebnisse ab, enttäuschte Verlierer trotteten davon, ließen sich von ihren Angehörigen trösten, und waren selten untröstlich. Schließlich geht es bei diesem Spiel ums Dabeisein, um den Rotwein aus der Kooperative und um die Oliven, um das Fest. Und die Sieger fühlten sich wie die längst zur Legende gewordenen Spieler, wie Bébert de Cagnes, Foyot, Quentais.

Nachdem am Freitag der Kaufvertrag unterzeichnet und der Erwerb des Anwesens wie geplant unter Dach und Fach gebracht worden war, ließ es sich der Bürgermeister nicht nehmen, Irma Wohleben und ihren Neffen auf Samstagmittag zum Essen einzuladen. Dabei drückte er der alten Dame noch einmal den Dank der Kommune aus, die sich glücklich schätzen dürfe, dass das *Prieuré* mitsamt seinem alten Park nun erhalten blieb. Auch die Verwendung für ein zukünftiges Kindererholungsheim sei aus seiner Sicht ganz im Sinne des ehemaligen, inzwischen ja verstorbenen Besitzers, der bekanntlich vielen Menschen, darunter auch vielen Kindern, während des Kriegs das Leben gerettet hat.

Am Nachmittag trafen sich Micha und Klara unter den Platanen. Irma wollte im Hotel bleiben und sich erholen. Man schaute den Boulespielern zu und hielt Marcel und seiner Mannschaft die Daumen.

Als diese wie erwartet gewonnen hatten, lud Micha zu einer Runde Pastis. Das hatte er sich vorgenommen. Dabei erinnerte er Marcel daran, dass er die Liebe zu diesem Aperitif ganz und gar ihm verdanke. Bis heute würde er, sooft er einen Pastis trinke, dabei an ihn denken. Marcel nahm dieses Kompliment mit Genugtuung zur Kenntnis. Und war ansonsten überglücklich über die Neuigkeit, die sich wie ein Lauffeuer im Ort verbreitet hatte. Die Patronin des Cafés wiederum nahm mit Genugtuung zur Kenntnis, dass die Unbekannte kürzlich an Marcels Seite inzwischen ein Mannsbild, wie es sich gehört, an ihrer Seite führte.

Als gegen Abend den Siegern die Urkunden überreicht wurden, war Marcel allgemeiner Mittelpunkt. Schon wieder hatte seine Mannschaft gewonnen. Wie so oft in den zurückliegenden Jahren. Mit seinem Strohhut, den er verlegen mit den Händen kreisen ließ, stand er geduldig da und wartete, bis der Präsident des Boulevereins mit seiner Rede fertig war. Schließlich überreichte dieser ihm die Urkunde für das *Diplôme d'Honneur*. Dann wollte Marcel etwas sagen. Er sei kein Redner, aber es sei ihm ein Anliegen, einer Frau zu danken, an die sich manche im Ort vielleicht noch erinnern. Ihr hätte er viel zu verdanken, vor allem, dass er weiter im *Prieuré* wohnen und dort arbeiten könne. Vorgestern hätte sie den Kaufvertrag unterschrieben. Marcel ging zu der Bank, auf der Irma mit Sonnenhut saß. Er half ihr hoch, sie ließ es nach kurzem Zögern geschehen.

«Schon gut, schon gut», meinte sie, «ich will doch keine Rede halten. Nur soviel will ich sagen: Dem Marcel verdanke auch ich sehr viel und diesem Ort mit seinen lieben Menschen auch. Und noch etwas will ich sagen: Der Marcel verdankt dem Park von dem *Prieuré* sehr viel. Weil ohne diesen Park würde er nie so gut spielen mit seinen Kugeln. Weil ich mit meinen eigenen Augen gesehen habe, dass er vor der Remise jeden Abend mit seinen Boulekugeln trainiert, und die Sonnenblumen sind seine Zuschauer, und die, das hab ich mit meinen eigenen Augen gesehen vor vielen Jahren schon, die drehen ganz beleidigt den Kopf zur Seite, wenn seine Kugel hat ihr Ziel verfehlt.»

39

Abends hatte Marcel zu einer *Daube* eingeladen, ein Rezept, das er nur den engsten Freunden verriet. Ein Lammgericht, langsam im Schmortopf gegart, mit frischen Kräutern aus dem Garten. Mit seinem Strohhut auf dem Kopf stand er in seiner Küche, neben ihm durfte Klara derweil zwanzig Knoblauchzehen enthäuten und halbieren sowie zehn Schalotten schälen und klein hacken. Dann, als Marcel den Schmortopf in den Backofen schob, notierte sie alles fein säuberlich auf. Wann wohl, fragte sich Micha, der Zaungast unter der Küchentüre, würde sie es zum ersten Mal zubereiten? Marcel bat Micha, den Pastis zu servieren. Dazu brachte Marcel eine Schale mit Oliven. Irma war schweigsamer als sonst. Sie saß zufrieden an Marcels Tisch, warf immer wieder einen respektvollen Blick auf Klara, sie schien ihr je länger desto besser zu gefallen. Und Micha hatte das unauffällig und mit Erleichterung wahrgenommen.

Zur Vorspeise hatte Marcel beim Metzgermeister Mercier, mit dem er regelmäßig die Boulekugeln rollen ließ, eine Wildhasenterrine besorgt. Man hatte Hunger, und nach dem ersten Glas Rosé lösten sich die Zungen und allmählich legte sich die allgemeine Anspannung nach den turbulenten Tagen. Marcel hatte den beiden

Frauen am Tisch ein frisch gepflücktes Lavendelsträußchen überreicht.

«Sicher wisst ihr, was Lavendel in der Blumensprache bedeutet. Lavendel will sagen: ‹Ich werde mein Ziel bestimmt erreichen!› Für wen, hab ich mir heute Mittag gedacht, könnte dies besser passen, als für Irma und Klara. Also hab ich euch von meinem Lavendel gepflückt.»

«Marcel sagt es mit Blumen», sagte Irma gerührt und Klara formulierte ihr Kompliment in Frageform: «Gibt es eine Pflanze, zu der du keine Geschichte kennst?»

«*Mon Dieu*! Sicher ganz viele», meinte Marcel, «und ich sammle sie und ich freue mich über jede, die man mir erzählt oder die mir zwischen die Finger kommt. Erst neulich hab ich eine über den Dornbusch erfahren, eine gute Geschichte, eine sehr politische. Und zu dem Löwenzahn hier in der Schüssel habe ich letzten Sonntag eine in der Zeitung gelesen. Ich hab sie ausgeschnitten. Es gibt da eine Sonntagskolumne, die heißt *Weißt du noch?* In der geht es oft um Gartendinge.»

«Claude-Henri Lagarde», kam von Klara wie aus der Pistole geschossen.

Marcel schaute erstaunt. «Wie? Du kennst diese Serie?»

«Ich kenne diese Serie, aber besser noch ihren Autor, ohne den wir wahrscheinlich gar nicht hier säßen.»

Klara erzählte zur allgemeinen Verwunderung, wie sie wegen ihrer Versailles-Recherchen Professor Lagarde in

Paris kennen gelernt hatte, dann durch ihn zum Philosophenkongress nach Italien kam, um dort vom geplanten Verkauf des *Prieuré* zu erfahren.

«Verrückte Welt ist das», murmelte Irma Wohleben, «aber schön ist es doch, dass es auch solche Zufälle gibt.»

«Vielleicht», meinte Marcel, der inzwischen in der Küche verschwunden war und gleich darauf mit dem Schmortopf zurückkam. «Vielleicht Zufall, vielleicht auch nicht. Diese *Daube* hier ist inzwischen gar, das war so geplant, also kein Fall für den Zufall. Und im Garten ist es so: Beides gehört zusammen, die Planung und der Zufall, das Erwartete und das Unvorhergesehene. Wer dickköpfig glaubt, alles müsse nach Plan laufen, der ersetzt den Zufall durch den Irrtum.»

40

«Weißt du noch?»
Die Sonntagskolumne von Claude-Henri Lagarde

… dem folgende Sufi-Geschichte so oder so ähnlich zu Ohren gekommen ist:

EIN MANN: Weißt du noch, wie ich dich um deinen Rat gefragt habe?
DER ALTE GÄRTNER: Damals wegen dem Löwenzahn?
EIN MANN: Richtig, du hast es also nicht vergessen.
DER ALTE GÄRTNER: Wie könnte ich auch! So hartnäckig, wie du immer wieder aufs Neue von mir wissen wolltest, wie du dieses Kraut loswerden kannst.
DER MANN: Und es hat nichts, aber auch rein gar nichts genützt. Außer eben dein allerletzter Ratschlag.
DER ALTE GÄRTNER: Den ich dir natürlich auch schon gleich zu Beginn hätte geben können.
DER MANN: Wie? Und warum hast du es dann nicht getan?
DER ALTE GÄRTNER: Weil du mir nicht geglaubt hättest. Du wärst noch nicht bereit dazu gewesen.
DER MANN: Verstehe! Werde nie vergessen, wie wir da saßen und überlegt haben.

Der alte Gärtner: Und ich noch einmal von dir wissen wollte, ob du auch wirklich alles versucht hast.

Der Mann: Alles, aber auch wirklich alles, hab ich geantwortet.

Der alte Gärtner: Und du erinnerst dich sicher noch, was ich dir dann geraten habe.

Der Mann: Natürlich. Du hast gesagt: «Es gibt nur einen Ausweg: Lerne den Löwenzahn lieben.»

Der alte Gärtner: Und? Was ist daraus geworden?

Der Mann: Friedliche Koexistenz.

41

Für den späteren Sonntagnachmittag hatten sich Irma und Marcel im Park verabredet. Langsam spazierten sie über die Kieswege. Plötzlich blieb Irma stehen.

«Du hast einen wunderschönen Beruf gelernt, Marcel, ein Leben lang studierst du nun schon die Blumen und die Bäume.»

«Es war der Garten, der mir das Handwerk beigebracht hat, fast an jedem Tag vom Jahr, tagaus, tagein, und durch die Jahreszeiten. Ich hab meine Lektionen gelernt, viele Jahre lang, und lern immer noch dazu. Die Bäume, die Rosen, die Gemüse haben mir Unterricht erteilt, wie viel Wasser sie brauchen, wie viel Licht und wie viel Schatten. Und Lehrgeld hab ich bezahlt, oh lala! Dieser Garten hat mir viel beigebracht. Und dabei hat er mich immer zufriedener gemacht. Ich weiß schon, was ich ihm verdanke. Denn weißt du, wie man sagt? ‹Nicht der Gärtner sucht sich seinen Garten, sondern der Garten sucht sich seinen Gärtner.›»

«Ein schöner Satz», sagte Irma. «Und wann hat dein Garten dich gefunden?»

«Als ich klein war, da wollt ich von der Schönheit der Blumen noch nichts wissen. Als Junge hast du keinen Blick für so etwas. Irgendwann dann, wenn man älter wird, entdeckt man sie. Und dann, dann kannst du nicht mehr ohne sie sein.»

«Du bist zu beneiden, Marcel. Und ich sag dir warum: Weil du mit dir im Reinen bist.»

«Du hast Recht, wer in seinen Garten gefunden hat, der wird früher oder später auch zu sich finden und mit sich endlich Frieden schließen.»

Irma Wohleben nickte bestätigend.

«Ist es ein Wunder, bei so viel Frieden in deinem Park?»

«Vorsicht! Der ist gar nicht so friedlich, wie es den Anschein hat. Ein Garten ist etwas anderes als die Welt draußen. Aber auch hier wird gekämpft und gestritten, hier kämpft jeder um seine Ellbogenfreiheit, und wie überall will sich der Stärkere durchsetzen. Fressen und gefressen werden. Ob bei dem, was da kriecht oder bei dem, was fliegt oder bei dem, was im Wurzelgeflecht unter der Erde passiert.»

«Aber hat es nicht seinen Sinn?», warf Irma ein.

«Eine gute Frage. Ohne unser Zutun wäre bald nur noch Wildnis, weder schön noch nützlich. Du musst eingreifen, aber du musst respektvoll mit den Gartenbewohnern umgehen. Das macht den Unterschied zum Ackerbau. Im Garten erreichst du mit Gewalt gar nichts. Die Natur im Garten ist ja eine kultivierte Natur, du suchst nach einem Gleichgewicht der Gegensätze: wild oder gezähmt, nützlich oder gefällig, und immer willst du, dass es den Überfluss in deinem Garten gibt: dass alles blüht und gedeiht und dass du jede Menge Obst und Gemüse ernten kannst. Die Blüten fürs Auge, die Nase und das Herz, das andere für den Bauch. Zu jedem Zeitpunkt sagt dir dein Garten, dass du einen Körper hast, in dem deine Seele und dein Verstand wohnen. Und auch da geht es ums Gleichgewicht. Manchmal, wenn ich allein durch den Park geh, dann stell ich mir vor, er ist ein Kunstwerk, eines, das nie fertig wird.»

«Und alles hat darin seine Zeit», sagte Irma Wohleben, «auch die schönste Blume wird welk, wenn es soweit ist.»

«Und weißt du was? Inzwischen glaube ich, dass keine umsonst geblüht hat», sagte Marcel.

«Und wir? Umsonst oder nicht umsonst? Sag mir, Marcel, was denkst du vom Tod?»

Marcel war stehen geblieben, beide Hände in den weiten Hosentaschen.

«Weißt du, manchmal glaube ich, dass er eine Blume ist, eben auch nur eine Blume im bunten Bukett, das unser Leben ist. Aber, na ja, keine Ahnung. Und du, was denkst du?»

«Ich weiß nicht, aber ich wünsche mir, dass er für mich so etwas ist, wie im Sommer die großen Ferien, auf die man sich freut und in die man erwartungsvoll geht.»

«*Saperlipopette*!», sagte Marcel vergnügt, «das ist eine gute Idee!»

Sie waren weiterspaziert. Irma, die sich bei Marcel untergehakt hatte, meinte:

«Du bist ein glücklicher Mensch, weil dir bei der Arbeit so gescheite Gedanken kommen. In deinem Garten bist du in einer anderen Welt.»

«Ich weiß schon, was du meinst. Irgendwann hab ich begriffen, dass wir im Garten nicht die Bohnen und die Kartoffeln und die Rosen züchten, sondern so einen kleinen Traum vom Paradies wach halten. Ein Garten ist so etwas wie eine Gegenwelt zur Welt, die dir viel erzählen kann. Aber du musst dir Zeit nehmen und die Augen offen halten und ein offenes Ohr haben. Weißt du, warum die Blumen immer wieder blühen, jedes Mal so schön wie immer? Ich weiß es jetzt. Weil sie sich nicht von schlechten Erfahrungen leiten lassen, sondern von den guten Erwartungen.»

Irma war stehen geblieben, dann ging sie ein paar Schritte weiter bis zu einer Bank und setzte sich. «Wie sagst du? Sie lassen sich nicht leiten von den schlechten Erfahrungen, sondern von den guten Erwartungen. Das werde ich mir merken.»

Irma wollte noch bleiben. Marcel schlurfte langsam weiter über den gleichmäßig gerechten Kiesweg und zeigte sein zufriedenes Philosophenlächeln.

Von ihrer Bank aus ließ Irma den Blick schweifen. Die Rosen hatten zu blühen begonnen. Sie atmete den betörenden Duft tief ein, der sich gelegentlich mit dem der akkurat gestutzten Buchshecken mischte. Seit der Kindheit war ihr dieser herb-würzige Duft, der sich erst in den Abendstunden so recht entfalten will, vertraut. Weit reichten die vereinzelten Erinnerungsbilder zurück. Mischten sich mit Gegenwärtigem. Unsortiert. Hatte sie alles gut gemacht? Wären nicht die vierzig Tage jetzt demnächst abgelaufen? Sie hatte beschlossen, die Zahl, so wie es ihr der Pfarrer empfohlen hatte, symbolisch zu verstehen. Zu Hause würde sie auf den Friedhof gehen, sehen, was passiert. Zu Hause? Wo, dachte sie, wo ist Zuhause? Wo ist jetzt ihr Zuhause? Wo ist der Mensch daheim? Hier in diesem Park hatte sie frühe Jahre ihrer Kindheit verbracht, hier hatte sie Menschen gekannt, die ihr und ihrer Familie geholfen haben, ohne dabei zuerst an sich zu denken, die sich selbstlos eingesetzt hatten, Menschen, die wie Vater und Mutter zu ihr waren. Und hier wohnt der alte Marcel, mit dem sie als kleines Mädchen in diesem Park schon gespielt hat, dem sie viel zu verdanken hatte, der vor über sechzig Jahren plötzlich wie aus dem Nichts mit einer Eisenstange hinter der alten Remise erschienen war. Nie hatte man darüber ein Wort verloren, weder damals, unmittelbar nach der Tat, noch später, als Irma ihren Neffen hierher gebracht oder abgeholt hatte oder beides zusammen. Und auch heute würde sie ihn nicht darauf ansprechen wollen. Wie durch ein Wunder war sie ihm nach so langer Zeit wieder begegnet. ‹Dankbarkeit ist ein verdammt gutes Gefühl›, dachte sie und lächelte und ließ ihren Tränen freien Lauf.

«Wirst auch noch heulen, alte Kuh!», herrschte sie sich nach einer Weile an und wischte sich mit dem Ärmel ihrer Bluse die Tränen weg. Schwäche zeigen war nicht ihre Sache. Auch jetzt nicht. Sie überlegte, wie sie dann demnächst wohl das Zeitliche segnen würde und dachte über diese Formulierung nach: das Zeitliche segnen. Das meint doch wohl, die ganze vergangene Zeit, die einem geschenkt war, sein ganzes Leben eben, es so anzunehmen, wie es war, es also gut zu heißen. Und in diesem Augenblick war sie mit sich einig, dass ihr Leben, aus jetziger Sicht, ein Geschenk war, zu dem sie bereitwillig Amen sagen wollte. Gleichmut und Ruhe und stille Heiterkeit waren über Irma Wohleben gekommen, der milde Abend hatte sich ihr wie eine anschmiegsame Stola über die Schultern gelegt. Sie schloss die Augen, atmete die würzige Abendluft, und wieder fiel ihr plötzlich die Begegnung mit dem Unsichtbaren ein, der ihr beim Friedhofsbesuch vor fast sechs Wochen erst einen Schreck eingejagt hatte um ihr im Anschluss dann einen Auftrag zu erteilen. Einen Auftrag, den sie, so stellte sie mit Zufriedenheit fest, eigentlich doch ganz ordentlich erledigt hatte. War es wirklich ein Engel gewesen? Nie in ihrem Leben hatte sie sich auf Spekulationen eingelassen. Und ausgerechnet ihr musste dann so etwas widerfahren. Ob dieser Spuk sich wohl zu gegebener Zeit wiederholen würde?

Sie rekapitulierte die letzten Tage und Wochen. Sie hatte sich um Ihr Vermögen gekümmert, und es gut angelegt. Wie durch ein Wunder hatte sie vom geplanten Verkauf des Parks erfahren, konnte ihn kaufen und so würde er bleiben, wie er war und genutzt werden für Kinder, wie damals schon. Ihr Neffe würde seinen Ehrgeiz in das Projekt legen. Und Klara? Kaum etwas hatte sie in den letzten drei Tagen mehr beschäftigt. Nichts von ihrer unrühmlichen Vorstellung war geblieben. Sie hatte eine kluge und selbstbewusste Frau kennengelernt, die bewiesen hat, wie man sich durchsetzen kann. Irma war beeindruckt. Mehr noch, wie sie sich eingestehen musste: Sie hatte diese junge Frau nach kurzem, anfänglichem Zögern in ihr Herz geschlossen und zufrieden registriert, dass Micha ein Auge auf sie geworfen hatte. Diese Frau würde ihrem Neffen zur Seite stehen, davon war sie überzeugt, und sie würde ihm eine gute Frau sein. Schmunzelnd überlegte sie, dass sie sich ihr gegenüber ja wohl kaum noch weiter erkenntlich zeigen müsste. Das würde in gebührendem Umfang ihr Neffe übernehmen. Und Marcel? Ihm wünschte sie noch ein paar gute Jahre, als Lohn für so manche gute Tat in seinem Leben.

‹Was für eine Geschichte›, dachte Irma Wohleben und schüttelte den Kopf. ‹Erzählen müsste man sie. Am besten von Mensch zu Mensch. Und jeder würde sie aus seiner Perspektive erzählen, jeder auf seine Weise. Und würde sie immer wieder erzählen, und dabei versuchen, sich einen Reim darauf zu machen. Jeder spielt seinen Part, fehlen darf keiner. Und die Hauptrolle?›

Irma stockte in ihrem Selbstgespräch, saß da und überlegte. ‹Der Marcel? Oder die Klara? Ich jedenfalls nicht! Und Micha nicht. Vielleicht der Engel? Wenn's denn einer war. Spielt keine Rolle. Wichtig ist das sowieso nicht. Wichtig ist doch nur, dass es eine gute Geschichte ist, eben eine wahre Geschichte, eine – wie würde Marcel sagen? – eine, die das Parfum von den Kräutern in der Mittagshitze verströmt. Und eine in den Farben von Marcels Rosenlaube.›

42

Irma Wohleben hatte es sich in den Kopf gesetzt, sie wollte bleiben, wollte partout nicht mit Micha zurückfahren. Micha war von dieser Idee wenig begeistert, fühlte sich verantwortlich, konnte aber auf keinen Fall verlängern, wusste nicht, was sagen, hatte ein ungutes Gefühl, musste dann aber Irmas Willen akzeptieren. Marcel versuchte, ihn zu beruhigen und meinte ironisch: «Deine Tante wirkt auf mich ziemlich selbständig.»

Klara wollte zuerst nach Paris fahren, das war sie Professor Lagarde schuldig. Würde ihm berichten. Dann aber würde sie so bald wie möglich nach Heidelberg kommen.

Immerhin hatte Micha auf der Rückfahrt viel Zeit zum Nachdenken, zum Rekapitulieren. Staunte erneut über die bewundernswerte Souveränität, mit der seine Tante in kürzester Zeit diesen Kauf abgewickelt hatte. Dann wiederum überlegte er, wie er seinem Freund Max, dem Mann mit dem Riecher und dem sicheren Instinkt, wie er ihm die Neuigkeiten möglichst effektvoll auftischen würde, und wie und wann er seinem Chef die Entwicklung, die sein Projekt unerwartet genommen hatte, präsentieren könnte. Vieles ging ihm durch den Kopf, doch gab es für Herz und Verstand seit drei Tagen eigentlich nur einen Gedanken: Klara. Natürlich war keinem ihre gegenseitige Zuneigung verborgen geblieben, weder seiner Tante noch Marcel. Dieser hatte ihn nach dem Bouleturnier noch zur Seite genommen und ihm gratuliert, kurz und bündig, mit einem vielsagenden Lächeln: «*T'as gagné*», hat er gesagt, «du hast gewonnen. Im Übrigen hab ich mir das damals schon gedacht.»

Und immer wieder dachte Micha an gestern, an den langen Spaziergang, das erste lange Gespräch mit Klara, in aller Ruhe, beim Gehen.

«Ich wünsch mir, dass die Zeit jetzt stehen bleibt», hatte er gesagt, worauf Klara ihm riet: «Dann mach es wie Jupiter, er hält die Sonne an, solange er genießt.»

Bei jedem Gedanken an Klara wurde es ihm warm ums Herz. Wie würde er die kommenden Tage ohne sie aushalten? Er dachte an vergangene Nacht. Können zwei Menschen mehr im Einklang miteinander sein als sie es waren? Kann es ein größeres Glück geben? Stunden lagen sie ineinander versunken, gefangen im Blick des anderen. Nie im Traum hätte Micha geglaubt, dass ihn eine Frau von heute auf morgen so verzaubern könnte. Seine alte, seine neue Liebe.

Nie im Leben aber hätte Micha gedacht, dass er seine Tante nicht mehr wiedersehen würde. Einen Tag nach seiner Rückreise hatte sie beschlossen, ans Meer zu fahren, um sich einen Traum zu erfüllen. Was genau passiert war, konnte man nie in Erfahrung bringen. Vielleicht hatte sie zu schwimmen versucht, was sie nie gelernt hatte, und war ertrunken. Keiner wusste, was geschehen war. Sie war eben gegangen, ins Meer. In die großen Ferien.

Epilog

«Weißt du noch?»

Die Sonntagskolumne von Claude-Henri Lagarde

… der wochenlang einen Zettel mit dem Text eines alten, wohl schon sehr alten deutschen Volkslieds mit sich herumtrug, das ihm eine Freundin aus Deutschland aufnotiert hatte. Es handelt von einem buckligen Männlein, einem notorischen Störenfried, einem liederlichen Wicht.

Lagarde: Weißt du noch? Wie du aufsässig mir auf Schritt und Tritt gefolgt bist, mir im Nacken gehockt bist, mir nach Strich und Faden die Lebenslust geraubt hast?

Er: Natürlich weiß ich's noch. Wolltest du im Garten deine Blumenzwiebel gießen, hab ich auf sie geniest. Wolltest du deinen Freunden kochen, hab ich Porzellan zerschlagen. Wolltest du heizen, hab ich dir das Brennholz versteckt. Kurz: Ich war dein privater Störenfried.

Lagarde: Du warst ein linkischer Tollpatsch, der fiese kleine Zwerg mit dem hämischen Grinsen, ein sadistischer Neidhammel, das personifizierte schlechte Gewissen, das notorische Misslingen, du warst die fiese

Angst, die mich überallhin verfolgte. Mein zermürbender Schlafräuber.

Er: Stimmt. Und tags war ich die Verschwörung, die dich daran gehindert hat, das Wagnis der Freude einzugehen, ich war die Reue, die dir jeden Genuss verdarb.

Lagarde: Ich erinnere mich noch, als wär's gestern erst gewesen.

Er: Bis, ja, bis du mir dann endlich meinen Wunsch erfüllt hast und mich in dein Gebet mit eingeschlossen hast.

Lagarde: Nenn es wie du willst. Kurzum, in einem stillen Moment kam mir die verwegene Idee, dich bei mir anzustellen. Hab dich in den Garten geschickt zum Blumen gießen, hab dich zu meinem Küchengehilfen gemacht und dir beigebracht, wie man den Ofen anfeuert. Na ja, und am liebsten ist dir der Job als Kellermeister. Kurz und gut und seltsam genug: Du bist da und mir scheint, je mehr ich dich dasein lasse, desto weniger kommst du mir in die Quere.

Er: Ich lass dich inzwischen sogar in Ruhe nachdenken, so viel und so lange du willst. Kurzum: Zufrieden lass ich dir jetzt deinen Frieden ...

Lagarde: ... und verschwindest meistens in den Garten, wo wir uns ja zum ersten Mal begegnet sind, und wo sich dann, von Zeit zu Zeit und auf höchst charmante Weise, unsere Wege wieder kreuzen.

© 2009 Klöpfer und Meyer, Tübingen.
Alle Rechte vorbehalten.
ISBN 978-3-940086-28-0

Umschlaggestaltung: Christiane Hemmerich Konzeption und Gestaltung,
Tübingen, unter Verwendung eines Fotos von Tilman Rösch, Tübingen.
Herstellung, Gestaltung und Satz: niemeyers satz, Tübingen.
Druck und Bindung: Pustet, Regensburg.

Mehr über das Verlagsprogramm von Klöpfer & Meyer
finden Sie unter *www.kloepfer-meyer.de*